Vente des Jeudi 24, Vendredi 25 et Samedi 26 Janvier 1889

HOTEL DROUOT, SALLE N° 4

ESTAMPES

1889

Me Maurice DELESTRE
COMMISSAIRE-PRISEUR,
27 rue Drouot, 27

M. J. BOUILLON
Marchand d'Estampes de la Bibliothèque Nationale
SUCCESSEUR DE CLEMENT
3, rue des Saints-Pères, 3

CATALOGUE

D'ESTAMPES

ANCIENNES

DE TOUTES LES ÉCOLES

VIGNETTES, ORNEMENTS ET LIVRES

DESSINS

GRAVURES EN LOTS

DONT LA VENTE AUX ENCHÈRES PUBLIQUES AURA LIEU

HOTEL DROUOT

SALLE N° 4

Les Jeudi 24, Vendredi 25 et Samedi 26 Janvier 1889,

A 1 heure et demie précise.

Par le ministère de Me **MAURICE DELESTRE**, Commissaire-Priseur,
27, rue Drouot

Assisté de **M. J. BOUILLON**, marchand d'Estampes de la Bibliothèque Nationale,
rue des Saints-Pères, 3.

PARIS — 1889

CONDITIONS DE LA VENTE

La vente se fera au comptant.

Les acquéreurs payeront *cinq pour cent* en sus des enchères, applicables aux frais.

M. J. Bouillon, chargé de la vente, se réserve la faculté de rassembler ou de diviser les lots.

ORDRE DES VACATIONS

Jeudi 24 Janvier	....	Nos	28 à 265
Vendredi 25 »	....		266 à 557
Samedi 26 »	....		558 à 710
» » »	Dessins................		1 à 27
» » »	Gravures en lots........		711 à la fin.

DÉSIGNATION

DESSINS

BIDA

1 — Jeune femme debout, la poitrine nue. Au crayon noir et mine de plomb.

BOUCHER ?

2 — Femme nue assise, à la sanguine, rehaussé de blanc.

CARON (Ant.)

3 — Etudes des figures de Faust, Marguerite, Méphistophélès, d'après le tableau d'Ary Scheffer; Marguerite sortant de l'église. Trois dessins au lavis d'encre de Chine.

CHARDIN (J.-B.-S.)

4 — Femme assise, cousant. A la sanguine.

DIVERS

5 — Ornements et sujets par Nilson, Nogaret, etc. Six dessins.

6 — Ruine d'un vieux château, — Croquis. Deux dessins au lavis d'encre de Chine et sanguine.

DUNKER

7 — Frontispice avec figures allégoriques. Au lavis d'encre de Chine.

ÉCOLE FRANÇAISE DU XVIIIe SIÈCLE

8 — Un bal. A la plume et lavis de sépia.

ÉCOLE FRANÇAISE DU XVIIIe SIÈCLE

9 — Portrait d'homme. Aux trois crayons, sur papier bleu.

10 — Sous ce numéro, il sera vendu 27 dessins attribués à Cochin, Eisen, Watteau, Gillot, Gravelot, etc.

FRAGONARD (H.)

11 — L'Escarpolette, étude au crayon noir.

GUERCHIN

12 — Paysage traversé par un chemin que deux hommes suivent. A la plume.

HUET (J.-B.)

13 — La Déclaration du berger. A la plume et lavis de sépia, signé et daté 1780.

LELOIR (HÉLOÏSE)

14 — Modes et costumes, vers 1855-1860. 29 dessins à l'aquarelle.

LÉPICIÉ

15 — Jeune fille assise. Au crayon noir, rehaussé de blanc.

PANINI

16 — Intérieur d'un palais. A la plume et lavis d'encre de Chine.

PRUD'HON (P.-P.)?

17 — Psyché et l'Amour. Au crayon noir rehaussé de blanc.

RAFFET

18 — Portraits et croquis divers. 17 dessins à la plume et crayon noir.

19 — Titre de la sainte Bible pour une affiche. Au lavis de sépia.

REMBRANDT

20 — La Mise au tombeau. — Retour de l'enfant prodigue. Deux dessins à la plume et lavis de sépia.

ROWLANDSON

21 — La Leçon de flûte. A la plume et lavis d'aquarelle.

TRINQUESSE

22 — Jeune femme debout, vue de face. A la sanguine.

VIEL-CASTEL (le comte N. de)

23 — Allégorie, composition pour éventail. A l'aquarelle.

24 — Sous ce numéro, il sera vendu un portefeuille contenant environ 300 dessins des Ecoles française et italienne des seizième, dix-septième et dix-huitième siècles.

25 — Album contenant trente-trois dessins exécutés avec le plus grand soin. Ces dessins reproduisent des motifs d'ornement et de décoration tirés du grand temple de Nikko, tels que plafonds laqués, plaques de revêtement de laque, balustrades en bois sculpté et peint. Les albums de ce genre étaient commandés pour les archives impériales où ils occupaient la place de nos monographies sur les « Monuments historiques ». Le présent album est monté avec une élégance qui témoigne du prix qu'on y attachait au Japon. Il est surtout curieux par la diversité de style des ornements qu'il contient, les uns sobres, les autres d'une grande richesse; on remarquera dans plusieurs décors l'influence de l'ornement persan.

26 — Autre album de vingt dessins représentant des fleurs et des oiseaux.

27 — Compositions chinoises en forme de frise.

ESTAMPES

ADRESSES

28 — A l'observatoire. *Baradelle*, ingénieur du roy pour les instruments de mathématique. Gravé par Roy.

29 — Baltard, architecte, dessinateur et graveur, rue Dominique, n° 239.

ADRESSES

30 — De Lagardette, horloger ordinaire de S. A. S. Mgr le duc de Chartres. Belle épreuve.

31 — Ex libris de *Rilliet*, gravé par Choffart d'après Monnet.

32 — Cartouche pour une adresse, en haut sur une boule les armes royales avec la couronne, gravé par Arrivet. Très belle épreuve.

33 — Adresses, Assignats, Cadres pour cartes de visite, etc. Soixante pièces.

34 — Adresses et Billets d'invitation modernes. Quarante pièces.

ALBERTI ET BALDI

35 — Sainte Madeleine enlevée au ciel par les anges, — Le Char du soleil. Deux pièces.

ALIX (P.-M.)

36 — *Diderot*, d'après Vanloo. In-fol., en couleur.

ALIX ET LEVACHEZ

37 — Histoire du beau Dunois, suite de quatre pièces gravées en couleur. Très belles épreuves.

ALIX ET MORRET

38 — La Promenade du matin, — La Promenade du soir. Deux pièces en couleur d'après Demarne. Très belles épreuves.

ALLAIS

39 — La Preuve virginale, d'après Boquet. Belle épreuve.

ALLEMAND (H.), ARTISTE LYONNAIS

40 — Paysages gravés à l'eau-forte. Dix-huit pièces.

ANONYMES

41 — *Anne d'Autriche*, reine de France. In-fol. Très belle épreuve.

ANONYMES

42 — *Charette* (le général de), représenté le bras en écharpe, coiffé d'un foulard. In-fol. Très belle épreuve avant toutes lettres.

43 — *Marie-Antoinette,* reine de France. In-8. Très belle épreuve, marge.

44 — Marie-Thérèse, fille de Louis XVI, en prière devant une urne où sont inscrits les noms de Louis XVI et de Marie-Antoinette, avec la date de leur mort. In-4, en couleur. Très belle épreuve.

45 — *Pâris* (le B. H. François), diacre. Deux portraits différents in-fol. Belles épreuves.

46 — Portraits de deux jeunes femmes en buste dans un médaillon, imprimé en bistre. In-8. Très belle épreuve avant toute lettre.

47 — Estampes in-8 représentant les principaux événements de la Révolution française, gravées à la manière noire. Vingt-neuf pièces,

48 — A New Persian history. Pièce in-4 gravée en bistre.

ANTOINE (S.), de Nancy

49 — *Lorraine* (François III, duc de). In-fol., en pied. Belle épreuve.

ARDELL (J.-M.)

50 — Le Jeune Joueur de flûte, d'après Molenaar, en manière noire.

AUBERT (A Paris, chez)

51 — Portraits tirés de la galerie de la presse. Neuf pièces.

AUBRIS (d'après)

52 — Bazile et Luzy, — Bazile et Laurette. Deux pièces gravées en couleur par Bonnet. Très belles épreuves.

B.

53 — Monsieur de Voltaire, dessiné à Ferney et gravé par B en 765. In-4. Belle épreuve.

BARBIÉ

54 — *Charles III*, roi d'Espagne. In-8. Belle épreuve, marge.

BARTOLOZZI (F.)

55 — A St Giles's Beauty, d'après Benwell. In-4, en couleur.

56 — Sorrows of Werter. Deux pièces en couleur d'après Ramberg. Belles épreuves.

BARY

57 — *La Valière* (la duchesse de). In-folio. Belle épreuve.

BASSET (A Paris, chez)

58 — *Corday* (M.-Anne-Charlotte). In-8. Belle épreuve.

BAUDOUIN (d'après P.-A.)

59 — Le Carquois épuisé, par N. de Launay (11). Epreuve de la plus grande rareté, à l'état d'eau-forte, avant la bordure.

60 — Le Confessionnal, — le Catéchisme. Deux pièces faisant pendants, gravées par P.-E. Moette (E.-B. 12 et 15). Très belles épreuves.

61 — Le Couché de la mariée, par J.-M. Moreau et Simonet (16). Belle épreuve.

62 — L'Epouse indiscrète, par N. de Launay. Très belle épreuve, marge.

63 — Le Midi, par E. de Ghendt (33). Très belle épreuve, grande marge.

64 — Le Modèle honnête, par J.-M. Moreau et Simonet (34). Belle épreuve.

BEAUFORT (d'après)

65 — Diane au bain, — Vénus au bain. Deux pièces gravées en couleur par Bonnet. Belles épreuves.

BELJAMBE (P.)

66 — Le vertueux Joseph *Cange*, commissionnaire de Saint-Lazare, d'après Legrand. In-4. Belle épreuve.

BENOIST (A.)

67 — Portraits de Louis le Grand, gravés suivants ses différents âges, 1704. In-folio. Belle épreuve avant la lettre.

BERNARD (S.)

68 — *Garnier* (Louis Du), peintre en mignature. In-4. Très belle épreuve, marge.

BERTHAULT

69 — Vue perspective de la place Louis XV et du pont Louis XVI. Belle épreuve, marge.

BINET (d'après)

70 — Les trente-deux filles dans l'allée des Soupirs (galerie du Palais-Royal). Très belle épreuve.

BLANCHET ET **LAMBERT** (d'après)

71 — Estelle et Némorin. Quatre pièces gravées en couleur par Legrand et Orio. Très belles épreuves.

BLEKER (G.)

72 — Paul et Barnabé à Lystre (B. 15). Très belle épreuve.

BLIGNY (A Paris, chez)

73 — Cérémonie du sacre de Louis XVI. In-folio, en largeur. Très belle épreuve. Rare.

BLOOTELING

74 — *Charles V*, duc de Lorraine et de Bar. In-folio, en manière noire. Très belle épreuve.

BOISSEAU (A Paris, chez)

75 — Représentation de la ville royale de Cracovie, capitale du royaume de Polongne.

BOIZOT (M.-L.-A.)

76 — *Artois* (Marie-Thérèse, comtesse d'). In-4. Très belle épreuve, marge.

BOLSWERT (S.-A.)

77 — Nymphes avec du gibier, d'après Rubens. Très belle épreuve.

BOLT (F.)

78 — *Louis-Charlotte*, princesse de Mecklenbourg-Swerin. In-8. Belle épreuve.

BONNET

79 — *Provence* (le comte de). In-folio, à la sanguine. Bonne épreuve.

BOSIO (D.)?

80 — Le Logeur, ou les Effets des vertus hospitalières de Paris, — le Sultan parisien, ou l'Embarras du choix. Deux pièces en couleur faisant pendants. Très belles épreuves. Rares.

BOSSE (A.)

81 — Judith (G. D., 4). — Une villageoise se rendant au marché (1367). Deux pièces.

82 — Lazare couché sur un lit de paille (42).

83 — *Dufresne* (Raphaël Trichet) (G. D. 1247). Très belle épreuve.

84 — Un français debout, l'épée à la main (1407). Très belle épreuve.

BOUCHER (d'après F.)

85 — Les Grâces au bain, par W. Ryland. Très belle épreuve.

86 — Les Grâces, par Charpentier. Belle épreuve.

87 — Monument funèbre à la mémoire de Mlle Sandow de Berlin, par Ebertz. Superbe épreuve, avec marge.

88 — Le Calandrier des vieillards, par de Larmessin. Très belle épreuve avant l'adresse de Buldet, marge.

89 — La Chasse, — la Pesche. Deux pièces gravées par Leprince, publiées chez Huquier. Belles épreuves.

BOUCHER (d'après F.)

90 — Ninette, frontispice du tome III des œuvres de Favart. In-8.

91 — Bacchante couchée, vue de dos, gravé à la sanguine par Petit. Très belle épreuve.

92 — La Peinture, — l'Education de l'Amour. Deux pièces gravées à la sanguine par Demarteau. Belles épreuves.

93 — Le Chat malade, — Berger endormi, — Amour sur les nuages, etc. Cinq pièces par Demarteau.

BOUCHER, CH. COYPEL ET Mlle GÉRARD (d'après)

94 — Le Billet doux, — Persée délivre Andromède, — l'Heure du rendez-vous. Trois pièces par Miger, Surugue et H. Girard.

BOUNIEU (d'après)

95 — L'Espoir d'un heureux jour, — les Revers de la fortune. Deux pièces gravées en couleur par Marin. Belles épreuves.

BOYDELL ET GREEN

96 — King Charles the first, — Sr Thomas Wharton. Deux portraits d'après Van Dyck. In-folio, en pied. Belles épreuves.

BRETON (A Paris, chez Mme)

97 — Joseph et Zalucca, — Et lui non. Deux pièces. Belles épreuves.

BRIARD (d'après)

98 — Le Devin de village, par Jourd'heuil. Très belle épreuve, marge.

BRICEAU

99 — Allégorie, au milieu, les portraits de Louis XVI et de Marie-Antoinette. In-folio, à la sanguine. Très belle épreuve.

BRY (Les DE)

100 — L'Age d'or, pièce de forme ronde. Très belle épreuve.

BRY (Les de)

101 — Feste vénitienne. Pièce de forme ronde. Très belle épreuve.

102 — La Fontaine de Jouvence, d'après Beham. Très belle épreuve.

BUCHERIE (A Paris, rue de la)

103 — La Mort du patriote Marat, avec légende en bas. Très belle épreuve.

BURIN (L.)

104 — La Maquerelle punie, avec la vue de l'Hôtel de ville et la place de Grève. 1756. Très belle épreuve, toute marge.

CANALETTI et RIGAUD

105 — Vues de Venise et de France. Neuf pièces.

CANU

106 — *Robespierre* (Maximilien). In-8. Belle épreuve.

CARÊME (d'après)

107 — Bacchanale. Pièce gravée au trait et lavée de bistre.

108 — Le Marchand d'orviétan de campagne, par Bonnet, en couleur. Belle épreuve.

109 — Le Satyre impatient, par Anselin. Belle épreuve, marge.

CARICATURES

110 — Caricatures tirées de la suite intitulée : Le Bon Genre. Cinq pièces.

CARMONTELLE (L.-C. de)

111 — *Bezenval* (le baron de). In-fol., en pied. Très belle épreuve, toute marge.

CARMONTELLE (d'après)

112 — *Franklin* (Benjamin). In-fol. Très belle épreuve.

CATHELIN

113 — *Piccini.* In-fol. Épreuve avant toutes lettres. Marge.

CATHELIN, JARDINIER ET HENRIQUEZ

114 — *Buffon*, d'après Drouais, — *Moreau* (J.-N.), d'après Ducreux, — *Cadet* (Cl.). Trois portraits in-8 et in-4. Très belles épreuves.

CHAPUY (J.-B.)

115 — *Vaudreuil* (M. le marquis de). In-fol., en couleur. Belle épreuve.

CHARDIN (d'après J.-B.-S.)

116 — La Bonne Mère, par Weiss. Belle épreuve.

117 — La Gouvernante. Épreuve avant toutes lettres.

CHARLET

118 — Sujets tirés d'albums. Cinquante pièces.

119 — Sujets tirés d'albums. Quatre-vingt-quinze pièces.

CHATAIGNER (A Paris, chez)

120 — Bonaparte, premier consul. In-4, en couleur. Belle épreuve.

CHAUVEAU

121 — Louis XIV, frontispice allégorique de son entrée à Paris. Belle épreuve.

CHENU

122 — *Favart* (Mme), actrice, d'après Garand. In-8. Très belle, marge.

CHOFFART (P.-P.)

123 — *Bezout* (Étienne), — *Le Serurier* (J.-L.), d'après Vallière. Deux portraits in-8. Belles épreuves.

CIPRIANI (d'après)

124 — Vénus se promenant sur les eaux, par L. d'Arcis. Très belle épreuve, marge.

COCHIN (N.)

125 — Le Triomfe de David, pour un écran, — Fête dans un parc, aussi pour un écran ; on lit en bas : Balthazar Moncornet, ex a paris cum pri. Deux pièces. Très belles épreuves.

COCHIN (Ch.-N.)

125 *bis* — *Gras* (Joachim). In-8. Deux épreuves dont une à l'état d'eau-forte.

COCHIN (d'après Ch.-N.)

126. — *Dumont* (F.), — *Valenciennes* (Ph. de). Deux portraits gravés par Saint-Aubin. Belles épreuves.

127 — *Favart* (Mme), actrice, par J.-J. Flipart. In-8. Très belle épreuve avant le numéro.

128 — *Guy-Brenet* (Nicolas), — *Lalive de Jully* (A.-L. de), — *Pierre* (J.-B.-M.), — *Rœttiers* (Jacques). Quatre portraits in-4 gravés par Saint-Aubin et Lalive de Jully. Très belles épreuves.

129 — *Miroménil* (A.-T. Hue, marquis de), par B.-L. Prévost. Belle épreuve, marge.

130 — *Prault* (P.), par Laurent Cars. Deux épreuves d'états différents, — *Silvestre* (Louis de), par Watelet. Trois portraits in-8. Belles épreuves.

COCHIN ET **HUTIN**

131 — Frontispices des catalogues Quentin de Lorangère et Augrand de Fontpertuis. Deux pièces. Belles épreuves.

COLLAERT (J.)

132 — Sujets de chasse et pêche, d'après J. Stradan. Trente et une pièces.

CALLOT (J.) ET **DELLA BELLA**

133 — Cent onze pièces tirées de diverses suites.

COSSIN (L.)

134 — *Hacqueteau* (Mlle Marie), dame Dorvilliers. In-8.

COSTUMES PARISIENS

135 — Six cent soixante-six planches, de l'an IX à 1830.

Les années 1812, 1813, 1814, 1815, qui contiennent les planches d'Horace Vernet, sont presque complètes.

Les feuilles sont presque toutes à toutes marges et très propres.

L'Observateur des modes

Modes parisiennes

Quatre-vingt-trois planches de 1818 (commencement de la publication), dessinées par Chasselat, de Vimont, et dix-huit livraisons, texte et planches, et soixante-cinq planches sans texte, à toutes marges.

Petit Courrier des dames

Modes de Paris

Mille cinquante planches de 1822 à 1835 ; il n'y a pas de planches doubles. En tout 1800 pièces.

135 *bis* — Costumes et modes vers 1840. Cent cinquante-huit pièces.

COSTUMES ET COIFFURES

136 — Première suite de costumes français, pour les coeffures depuis 1776, par Desrais. Nos 1 à 6, complet.

137 — Deuxième cahier de nouveaux costumes français pour les coeffures, par Desrais. Nos 7 à 12, complet.

138 — Quatrième cahier de costumes français pour les coeffures, en 1777 et 1779. Nos 19 à 24, d'après Desrais. Cahier complet.

139 — Costumes d'après Desrais, gravés par Dupin. Deux pièces.

CRÉPY (A Paris, chez)

140 — L'Homme aérostatique. Pièce satyrique. Rare.

CRUIKSHANK

141 — Caricatures anglaises. Dix-neuf pièces en couleur.

DANLOUX (d'après H.)

142 — *Euhun Sang Lum Akao*, Chinois arrivé à Londres en 1793, gravé par J. Grozer. In-fol. Très belle épreuve, marge.

143 — *Lamballe* (la princesse de), par Ruotte. In-8. Très belle épreuve, marge.

DARCIS

144 — La France républicaine, — La Fraternité, — La Raison, — La Force, — La Vertu, — La Nature. Six pièces d'après Boizot. Très belles épreuves, marges.

DARDEL (d'après)]

145 — Le Triomphe de Voltaire, par Le Grand. Très belle épreuve avant la lettre, marge.

DAVID (H.)

146 — *Anne d'Autriche*, reine de France, — *Orléans* (Gaston d'). Deux portraits in-fol., équestres. Très belles épreuves. Rares.

DAWE (H.)

147 — Major général *Narischkin*. In-fol. Belle épreuve.

DEBUCOURT (P.-L.)

148 — La Coquette et ses filles, ou Une mère à la mode. 1803. Très belle épreuve, marge.

149 — La Femme et le Mari, ou les Époux à la mode. 1803. Très belle épreuve, marge.

150 — Oui, son arrivée fera notre bonheur. Très belle épreuve.

151 — Modes et manières du jour, nos 2, 5, 8 et 14. Quatre pièces en couleur. Belles épreuves.

DEBUCOURT (P.-L.)

152 — Illumination de la grande cascade de Saint-Cloud, — Feu d'artifice à l'arc de triomphe de l'Étoile. Deux pièces faisant pendants. Très belles épreuves, grandes marges.

153 — La séparation pendant une nuit d'hiver. Très belle épreuve, marge.

154 — Exercices de Franconi. Deux pièces faisant pendants, d'après C. Vernet. Superbes épreuves avant la lettre, grandes marges.

155 — Courses de chars romains, — Courses de traîneaux. Deux pièces faisant pendants, d'après C. Vernet. Superbes épreuves avant toutes lettres, grandes marges.

156 — Anglais en habit habillé, — Promenade anglaise. Deux pièces en couleur, d'après C. Vernet. Très belles épreuves, toutes marges.

157 — Famille écossaise, — Les Anglais à Paris. Deux pièces en couleur, d'après C. Vernet. Très belles épreuves, toutes marges.

158 — Officiers anglais et écossais, — Rencontre d'officiers anglais, — Militaires écossais, — Marche d'officiers anglais. Quatre pièces en couleur, d'après C. Vernet. Très belles épreuves, toutes marges.

159 — Intérieur d'une salle à manger, d'après Droling. Belle épreuve, marge.

160 — Costumes polonais, d'après Norblin. Trente et une pièces en couleur. Très belles épreuves à toutes marges.

161 — Louis XVIII, in-fol., en pied, d'après Bera. Superbe épreuve, grande marge.

DEBUCOURT ET SCHWARTZ

162 — Barrière du faubourg Saint-Martin, — Barrière de Bercy, — Barrière de Fontainebleau. Trois pièces. Trois belles épreuves, grandes marges.

DELAMONCE (d'après)

163 — Le roy Louis XV tenant son lit de justice pour la première fois en son parlement à Paris, le 12 septembre 1715, par de Poilly. Belle épreuve.

DELAROCHE (Paul)

164 — Portrait de Mme Delaroche tenant son enfant sur ses genoux. Belle épreuve. Rare.

DELAUNAY (N.)

164 *bis* — *Mac-Artey* (lord), avant la lettre, — *Voisenon*, d'après Vigié. Deux portraits in-8 et in-12. Belles épreuves.

DELAUNAY et **Mlle NIEL**

165 — Eaux-fortes sur Paris. Cinq pièces.

DE MARCENAY (Ant.)

166 — *Charles VII*, in-8. Belle épreuve avant la lettre.

DEMARTEAU

167 — Portrait d'une jeune femme, gravé à la sanguine, d'après Courtois. Belle épreuve, marge.

DEMARTEAU et **JUBIER**

168 — Source de science, d'après Bouchardon, — La Jardinière, d'après Boucher, — La Toilette, d'après Leprince. Trois pièces.

DENON

169 — *Joly*, garde du cabinet des estampes, — Portrait d'un artiste. Deux pièces.

DESCOURTIS et **JANINET**

170 — Vues de Suisse, onze pièces en couleur, d'après Fuesly, Clément, Rosenberg, Wolff. Très belles épreuves.

DESNOS (A Paris, chez)

171 — *Louis-Auguste*, dauphin de France, in-4. Belle épreuve.

DEVERIA

172 — Portraits d'hommes et de femmes. Treize pièces.

DICKINSON (W.)

173 — Deux jeunes femmes assises sur un canapé, d'après C. Knigt, imprimé en bistre. Très belle épreuve.

DIVERS

174 — Alexandre *Dumas*, — *Adelon*, — Mlle *Doze*, — Pauline *Granger*, — Esther de *Bongars*, — *Chollet*, — Mlle *Taglioni*, — *Orfila*, — *Steuben*, etc. Vingt-trois pièces.

175 — Cardinal de *Bernis*, — *Massillon*, — Marie de *Médicis*, — *Rétaut de Villette*, — M. *Marcilly*, — M. le comte de la *Motte*, — *Philippe II*, — *Bossuet*, — Adam *Smith*, — *Fléchier*, — J. *Callot*, — *Henri IV*, etc. Vingt-trois pièces.

176 — *Cora Pearl*, — Mazurier, — Garrick, — Angelina *Catalini*, — Mlle *Duchesnois*, — Jane *Essler*, — Pierre *Gardel*, — Joanny, etc. Dix pièces.

177 — *Louis XVI*, — *Marie-Antoinette*, — *Radix* (Claude-Mathieu), — *Le Tellier* (Michel), — *Louis XIV*, etc. Six portraits.

178 — *Marie-Christine*, reine d'Espagne, — H. *Daumier*, — Mlle *Taiée*, — Saint François. Quatre pièces.

179 — Modesty, — Madame, fille de Louis XVI, — Femme d'Arcangel, — Simon *Vouet*, — Richard *Wilson*, etc. Huit pièces

180 — *Pasquier* (Et.), — *Adriaenssen* (Al.), — *Malherbe* (Fr. de), — *Habert* (Ph.). Quatre portraits par L. Gautier, Vander Does, Vorsterman, etc.

181 — *Picard*, — *Glandaz*, — *Voltaire*, — l'abbé *Delille*, — *Rossini*, — Célestin *Nanteuil*, — *Kléber*, — *Robespierre*, — *Ney*, etc. Quinze pièces.

182 — *Rivalz*, — *Quesnel* (Francois), — *Verien* (Nicolas), — *Maugis* (Claude), — *Baudrand* (Michel-Ant.), etc. Huit portraits in-8 et in-fol.

DIVERS

183 — La marquise de *Sévigné*, — Duchesse d'*Angoulême*, — Mlle *Mars*, etc. Quatre portraits in-8 et in-fol. Belles épreuves.

184 — Sophie *Arnould*, — De *Puységur*, — Hubert *Gravelot*, — Prince de *Conti*, — Charlotte Catherine de *La Tremoïlle*. Sept portraits in-8 et in-4. Belles épreuves.

185 — Estampes anciennes diverses. Soixante pièces.

186 — Estampes par Callot, Della Bella, Sébastien Leclerc, etc. Deux cent cinq pièces.

187 — Fleurs, par Redouté, Pascal, Prévost le Jeune, Van Spaendonck, etc. Treize pièces.

188 — Gravures d'après Rudaux et H. Vernet, et lithographies par Charlet et Raffet. Cinq pièces.

189 — Lithographies et gravures diverses. Quarante pièces.

190 — Lithographies par Mouilleron, Charlet, Jules Dupré, Gavarni, H. Bellangé, Decamps, etc. Vingt-sept pièces.

191 — Médailles, paysages, vues de Paris et de France, ornements, etc. Cent vingt-six pièces.

192 — Modèles de dessin, gravures et lithographies. Soixante-sept pièces.

193 — Paysages, d'après Pillement, Vouvermans, Van Goyen, Robert, Perelle, etc. Vingt-trois pièces.

194 — Paysages et sujets lithographiés, tirés de l'Album cosmopolite. Vingt-sept pièces.

195 — Paysages par Genoels, Glauber, etc. Sujets d'après Lancret, Oudry, etc. Seize pièces.

196 — Pièces historiques et vues de Hollande. Cinquante-six pièces.

197 — Portraits du seizième siècle, par des graveurs anciens et modernes. Soixante pièces.

198 — Portraits des dix-huitième et dix-neuvième siècles. Vingt-huit pièces.

DIVERS

199 — Portraits et pièces historiques relatives à Henri III et autres. Quinze pièces.

200 — Portraits et sujets divers, des dix-huitième et dix-neuvième siècles. Vingt pièces.

201 — Portraits gravés au trait et lithographiés. Soixante-trois pièces.

202 — Sujets variés. Cinquante-cinq pièces.

203 — Vues d'Égypte. Planches de la *Galerie royale de Turin* et du *Voyage dans les Pyrénées françaises*, Quarante-huit pièces.

204 — Sous ce numéro, il sera vendu neuf lots de gravures, lithographies, photographies, portraits, paysages et sujets divers.

DREVET (P.)

205 — *Bertin* (P. V.), d'après H. Rigaud (19). Belle épreuve.

206 — Maria *Serre*, mère de H. Rigaud (110). Très belle épreuve.

DREVET (P.-J.)

207 — *Orléans* (Louise-Adélaïde d'), abbesse de Chelles, d'après Gobert, in-fol. Très belle épreuve.

DUFLOS

208 — *Stuart* (Louise-Marie), in-4 avant la lettre.

DUFLOS, JEAURAT ET MIGER

209 — *Le Clerc* (Sébastien). Deux portraits différents. — *Laurent* (Pierre), graveur. Trois portraints in-8 et in-4. Belles épreuves.

DUPLESSIS-BERTAUX ET PRIEUR

210 — Portraits et sujets tirés des *Tableaux de la Révolution*. Soixante-huit pièces, dont plusieurs à l'état d'eau-forte.

DUTAILLY (d'après)

211 — On doit à sa patrie le sacrifice de ses plus chères affections, gravé en couleur par Coqueret. Très belle épreuve.

DYCK (d'après ANT.)

212 — *Galle* (Th.), par Vorsterman. — *Leroy* (Philippe). — *Wake* (Anna). Portrait d'homme. Quatre pièces, dont trois avant la lettre.

DYCK (ANT. VAN)

213 — *Suttermans* (Justus). Belle épreuve.

ÉCOLE ALLEMANDE

214 — Le Jugement de Salomon. Belle épreuve.

215 — Estampes diverses par Schongauer, Durer et Lucas de Leyde. Sept pièces.

ÉCOLE FRANÇAISE DU XVIIe SIÈCLE

216 — Scènes de mœurs par A. Bosse, Lagniet et autres. Seize pièces.

217 — Les Saisons. Deux suites différentes avec vers en bas. Huit pièces.

ÉCOLE FRANÇAISE DU XVIIIe SIÈCLE

218 — L'Amour conduit par la folie. — Le Soulier bien fait. Deux pièces.

219 — Les Amours champêtres. — Les Amants surpris. — Le Jour. — L'Amant pressant. — Jeu d'enfants. Cinq pièces d'après Baudouin, Eisen, Huet et Coypel.

220 — L'Amour maternelle, — fleuron, — sujets en couleur. Cinq pièces.

221 — Monseigneur le Dauphin et Madame la Dauphine, recevant les hommages des cordons bleux et du Parlement. Composition en forme d'éventail. Belle épreuve.

222 — Expériences aérostatiques. Douze pièces.

ÉCOLE FRANÇAISE DU XVIIIe SIÈCLE

223 — L'Heureux berger, gravure in-8 en couleur. Belle épreuve.

224 — La Petite fermière. — Suzanne. — L'Amour à l'école. L'Agréable désordre. — Vierge et enfant Jésus et sujets religieux par Schut. — Portraits, etc. Quinze pièces.

225 — Portraits, costumes, etc., d'après Boucher, Watteau, Le Bas, etc. Vingt-trois pièces imprimées sur six feuilles. Très belles épreuves, toutes marges.

226 — *La Rive*, acteur, médaillon avec fond vert, in-8. Belle épreuve, marge.

227 — Vignettes pour almanachs de poche. — La Rêveuse, d'après Boucher. — L'Écurie de Jules, d'après Robert. — Vénus et l'Amour. Huit pièces.

228 — Compositions pour dessus de tabatières. Neuf pièces.

ÉCOLE HOLLANDAISE

229 — Estampes diverses par et d'après Goltzius, Gertrude Rogman, etc. Dix pièces.

ÉCOLE ITALIENNE

230 — Les Trois grâces. — La Foi. — La Prudence. — Le Massacre des Innocents, etc. Huit pièces par Marc de Ravenne, Raimondi, etc.

ÉCOLES ITALIENNE ET ALLEMANDE

231 — Estampes diverses, par Franco, Raimondi, Bonasone, Lucas de Leyde, C. Marate, etc. Vingt-trois pièces.

232 — Eaux-fortes et gravures sur bois, par Carrache, Guido Reni, Burgmair, etc. Quatorze pièces.

ÉCOLE MODERNE

233 — Portraits et Paysages. Six pièces dont le portrait de Th. Gautier, par Bracquemont.

EDELINCK (Gérard)

234 — Le Crucifix aux anges, d'après Charles Le Brun (R. D., 17). Très belle épreuve du deuxième état, avant l'adresse.

235 — *Herauld* (Jean), d'après Rigaud. — *Gherardi* (Evaristus), d'après Vivien. Deux portraits in-8. Belles épreuves.

236 — *D'Hozier* (Charles), d'après Rigaud.

237 — Silvestre (Israël), graveur, d'après Ch. Le Brun (R. D., 319). Très belle épreuve.

EISEN (d'après Ch.)

238 — Concert méchanique, par de Longueil. Deux épreuves, dont une du premier état, avec le lustre.

239 — Les Désirs satisfaits, par Patas. Belle épreuve.

EISEN et MONNET (d'après)

240 — Jupiter couvre la terre de nuages pour jouir d'Io. — L'Age d'or et l'Age d'argent où régnèrent l'Innocence et la Justice. — Jupiter, sous la forme de Diane, rend sensible la nymphe Calisto. — Les Nymphes découvrent à Diane la grossesse de Calisto, suite de quatre pièces gravées par Niger. Belles épreuves.

EISEN et RAOUX (d'après)

241 — Le Bal champêtre, par de Longueil. — Sacrifice à Priape, par Beauvarlet. Deux pièces. Belles épreuves.

FABER (J.)

242 — *Newton* (Isaac), d'après J. Vanderbank, in-fol. en manière noire. Très belle épreuve.

FICQUET (Ét.)

243 — *Pufendorf* (Samuel) (120). Très belle épreuve.

FLAMENG (L.)

244 — La Source, d'après Ingres. Epreuve avant toute lettre, sur chine.

FLIPART (J.-J.)

245 — *Greuze* (J.-B.), d'après lui-même, in-4. Très belle épreuve, marge.

FRAGONARD (d'après H.)

246 — La Mère de famille, par A. Romanet. Belle épreuve, marge.

FRANÇOIS (E.)

247 — *Le Clair* (J.-Marie) l'aîné, de Lyon, in-fol. Belle épreuve.

FREUDEBERG (d'après S.)

248 — Le Bain, par A. Romanet. Belle épreuve.

249 — L'Occupation, par Lingée. Très belle épreuve.

250 — Le Petit jour, par de Launay. — La Promenade du soir, par Ingouf. Deux pièces.

GARDNER (d'après)

251 — Mrs Crewe, par Miss Martin. In-4 en couleurs. Belle épreuve.

GAUCHER (Ch.-Ét.)

252 — *Buffon*, d'après Drouais. In-8. Très belle épreuve avant la lettre.

253 — A la mémoire de Jacques Philippe *Le Bas*, d'après Cochin. Belle épreuve.

254 — Joachim du *Bellay*, — Remy *Belleau*, — *Bouffers*, — *Briquet* (Fortunée B.), — Mme de *Graffigny*, — *Latour d'Auvergne*, — *Saint-Marc* (J. P. A. de), — le comte de *Vergennes*. Huit portraits. Très belles épreuves.

255 — *Soret* (G. J.), — *Condé* (le Prince de). Deux portraits in-8. Belles épreuves.

GAUTIER-DAGOTY

256 — Louis IX Dauphin, — Philippe d'*Orléans*, régent du Royaume. Deux portraits in-4. Belles épreuves.

GAVARNI

257 — Alfred de *Musset*, — Henri *Berthoud*. Deux portraits.

258 — Masques et visages, Messieurs du feuilleton. Neuf pièces. Très belles épreuves.

GHEYN (J. DE)

259 — Les Evangelistes. Suite de quatre pièces de forme ronde. Belles épreuves, avec marges.

260 — *Marnix seig*[r] *du Mont Sainte-Aldegonde* (Philippe de), 1599. Très belle épreuve.

GIFFART (P.)

261 — *Maintenon* (Françoise d'Aubigné, marquise de). In-fol. Très belle épreuve.

GIRARD (A Paris, chez)

262 — Agricola *Viala*, — Joseph *Barra*. Deux portraits in-12, faisant pendants. Très belles épreuves. Rares.

GOLTZIUS (H.)

263 — La Passion de Jésus-Christ. Suite de douze estampes. Superbes épreuves des copies trompeuses.

GOYA (F.)

264 — Marguerite d'Autriche, reine d'Espagne, d'après Velasquez. In-fol. équestre. Très belle épreuve, marge.

265 — Philippe III, roi d'Espagne, et Marguerite d'Autriche, sa femme. Deux portraits in-fol. équestre, d'après Velasquez. Très belles épreuves.

GREEN (V.)

266 — Jeune fille appuyée sur un piédestal, d'après Paye, en manière noire. Très belle épreuve, avant la lettre, marge.

GREUZE (d'après J.-B.)

267 — La jeune fille au capucin, par Ingouf. Belle épreuve.

268 — La mort de Marie-Madeleine, par Cl. Hoin. Belle épreuve.

GREUZE (d'après J.-B.)

269 — Nuptial Blessing, — Nuptial felicity. Deux pièces gravées en manière noire, par Paul. Belles épreuves. Rares.

270 — La petite fille au chien, par Porparati. Très belle épreuve.

271 — La petite fille au chien, in-8. Epreuve à l'eau-forte.

GUERARD (N.)

272 — Baccanal et divertissements des environs de Paris.

GUYOT

273 — Histoire de Paul et Virginie, d'après Dutailly. Six sujets imprimés sur trois feuilles, en couleur. Belles épreuves.

HEILLMANN (d'après)

274 — Le Bon exemple, par Chevillet. Très belle épreuve, toute marge.

HOLLAR (W.)

275 — Costumes de femmes de divers Pays d'Europe. Titre : Theatrv Mvliervm sive varietas atquæ differentia habituum fæminei sexus, diversorum Europæ nationum ...... Londini, A. 1643. Soixante dix-sept pièces, dont quelques doubles.

276 — Muscarum Scarabe orum Vermiumque varie figure et formæ .... Antverpiæ anno 1646. Douze pièces, y compris le titre. Très belles épreuves.

277 — Publication de la paix, devant l'hôtel de ville d'Anvers en 1648. Belle épreuve, toute marge.

278 — Vues de Londres, avant et après l'incendie de 1666. Deux sujets sur une même feuille.

HOPPNER (d'après)

279 — La Cruche cassée, par Jukes. Belle épreuve.

HUET (d'après J.-B.)

280 — L'Amour prie Vénus, — Vénus enflammée par l'Amour. Deux pièces gravées en couleur, par Bonnet. Très belles épreuves, avant la dédicace, marges.

281 — Les mêmes estampes. Bonnes épreuves.

282 — Les Laveuses, — Vue intérieure d'une ferme. Deux pièces gravées en couleur, par Jubier. Belles épreuves.

283 — Le petit Cavalier, — le Petit Sabot, — la Chèvre bien-aimée, — les Echasses, — les Boules de savon, — la Sœur donne les étrennes à son frère, — le Jeu du Cervolant, — le Coq secouru, — le Tambour national, — Départ pour le siège de la Bastille, — la Bastille détruite ou la petite victoire, — la Peinture, — la Sculpture. Treize pièces, gravées en couleur, sous la direction de Bonnet. Belles épreuves.

284 — Le Soir, — Retour des champs. Deux pièces, gravées en couleur, par Demarteau. Belles épreuves.

285 — Portrait de Mme Huet lisant, gravé aux trois crayons, par Demarteau. Très belle épreuve.

286 — Portrait de Mme Huet, représentée jouant de la mandoline, gravé aux trois crayons, par Demarteau. Très belle épreuve.

HUET (Paul)

287 — Etudes de Paysages, gravés à l'eau-forte. Six pièces. Epreuves sur chine.

INGRES (d'après)

288 — *Bartolini* gravé par Fournier, — *Ingres*, jeune. Deux portraits. Epreuves sur chine.

ISABEY (d'après)

289 — Grand habit de S. M. l'empereur Napoléon et de S. M. l'impératrice Josephine, le jour du couronnement. Deux pièces, gravées par Pauquet. Belles épreuves, en couleur.

JACQUINOT (Louise)

290 — *Jeaurat* (Edme Sebastien), d'après Gois. In-4.

JANINET (F.)

291 — Colonade et jardin du Palais Médicis, d'après H. Robert, en couleur. Très belle épreuve.

292 — Tarquin et Lucrèce, d'après Eisen, en couleur. Deux épreuves, à toutes marges.

293 — Vues de la Grèce. Quatre pièces, gravées en couleur, d'après Pernet.

294 — *Crillon*, in-fol. en couleur. Superbe épreuve, avant toutes lettres.

JAZET

295 — Bivouac des Cosaques aux Champs-Elysées, à Paris le 31 mars 1815, d'après Sauerweid.

JEAURAT (d'après E.)

296 — Les Citrons de Javotte, par C. Levasseur. Superbe épreuve, toute marge.

297 — Le Fiacre, par ..... Rare épreuve, à l'état d'eau-forte.

298 — Le Mari jaloux, par Balechou. Belle épreuve, toute marge.

JORDANIS

299 — Le Contentement, d'après Werner, en couleur. Belle épreuve.

JOULLAIN

300 — *Desportes* (François), d'après lui-même, in-fol. Superbe épreuve, marge.

JOULLAIN (d'après)

301 — Vénus. Suite de quatre compositions différentes, gravées à la sanguine, par De Frenne. Très belles épreuves, marges.

KEATING (G.)

302 — Louis XVI et Marie-Antoinette dans leur prison. Deux pièces, d'après Singleton et la marquise de Brehan. Très belles épreuves, marges.

KLAUBER (J.-S.)

303 — Femme de François Mieris, d'après lui-même. Trois épreuves d'états différents, dont une avant toutes lettres.

LABROUSSE

304 — Scène de la Révolution, avec texte explicatif. Quarante pièces.

LAGRENÉE (d'après)

305 — Jeune Femme en buste, gravé aux trois crayons, par Bonnet. Belle épreuve.

LANCRET (d'après N.)

306 — Les Ages de la Vie. Suite de quatre estampes en largeur, gravées par de Larmessin. (E. B., 1-28-45-86.) Très belles épreuves. La Vieillesse, seule de la suite où il y ait des différences, est du premier état. Trois ont de très grandes marges.

307 — La Femme Commode, par Dupin.

308 — Grandval, par J. Ph. Le Bas. Belle épreuve.

309 — Le Gascon puni, par de Larmessin. Belle épreuve, avant l'adresse de Buldet.

310 — Le Jeu de pied de beuf, par de Larmessin. Très belle épreuve.

311 — Le Matin, — Le Midi, — L'Après-dînée. Trois pièces, gravées par de Larmessin. Belles épreuves.

DE LARMESSIN (N.)

312 — *Marie-Antoinette*, reine de France et de Navarre, in-fol. en pied. Belle épreuve.

LASINIO

313 — La Mort de Lucrèce, d'après Giordano, gravé en couleur. Superbe épreuve. Rare.

LASINIO

314 — Luther et Calvin, d'après la peinture de Giorgione au Palais Pitti, gravé en couleur. Superbe épreuve. Très rare.

LASNE, MELLAN ET ROUSSELET

315 — *Richelieu* (le cardinal de), deux portraits différents, — *Mazarin* (le cardinal). Trois portraits in-fol. Belles épreuves.

LAUGIER ET TOSCHI

316 — *Orléans* (la duchesse d'), — *Cazes* (le duc de). Deux portraits in-fol., d'après Gérard. Épreuves avant la lettre, sur chine.

LAVREINCE (d'après N.)

317 — L'Aveu difficile, par Janinet, en couleur. Très belle épreuve, sans marge.

318 — Les Nymphes scrupuleuses, par Vidal. Très belle épreuve.

LAVREINCE (Attribué à)

319 — Jeune Femme debout dans un jardin, appuyée sur un mur. Épreuve avant toutes lettres, non terminée, marge.

LE BARBIER L'AÎNÉ (d'après)

320 — Vues de Rome. Deux pièces faisant pendants, gravées en couleur par Demarteau. Belles épreuves, sans marge.

LE BEAU

321 — Le Mari trompé, — Conventions de Mariage. Deux pièces, coloriées.

LE BEAU, LE BERT ET PONCE

322 — *Lavrillière* (Louis-Phélipeaux, duc de), — *Gramont* (Philibert, comte de), — *Trincano* (L. C. V.). Trois portraits in-8. Belles épreuves.

LE BRUN (d'après)

323 — La Toilette de la mariée, ou le Jour Désiré, par Dembrun. Belle épreuve.

LE GRAND (Aug.)

324 — La Jeune pensionnaire, — Le Chapeau de la Mariée, — Les Prémices de l'hyménée, — La Jolie famille. Suite de quatre pièces, en couleurs. Très belles épreuves.

LEGUIN

325 — Almanach pour 30 ans. Avec les portraits de Louis XVI et de Marie-Antoinette.

LEMPEREUR (L.)

326 — L'Attente du plaisir, d'après Carrache. Très belle épreuve, avant la dédicace.

327 — *Le Comte* (Marguerite), d'après Watelet, in-4. Très belle épreuve.

LENOIR (A Paris, chez)

328 — Louis XII, — Henry IV, — Louis XVI, — Trois médaillons en couleur, sur une même feuille. Belle épreuve.

LEPAUTRE (J.) ?

329 — Le Peintre dans son atelier. Belle épreuve. Rare.

LÉPICIÉ

330 — *Desmares* (Charlotte), d'après Coypel, in-fol. Très belle épreuve.

331 — *Dufresne* (Catherine de Seine, Mme), d'après Aved, in-fol. Très belle épreuve, marge.

332 — Le Jeu des échecs, d'après C. D. Moor. Belle épreuve, toute marge.

LEPRINCE (d'après J.-B.)

333 — Louis XV, frontispice pour le *Voyage en Sibérie* de Chappe d'Auteroche. Rare épreuve, à l'état d'eau-forte.

LEROUX

334 — Leda, d'après L. de Vinci. Epreuve avant la lettre.

LEU (Th. de)

335 — *Montaigne* (Michel de), in-8. Belle épreuve.

LEVACHEZ

336 — Napoléon Ier, empereur des Français et roy d'Italie, d'après C. Vernet, en couleur, in-fol.

LITTRET (C.-A.)

337 — *Lekain* (Henry-Louis), in-fol. Très belle épreuve marge.

338 — Monseigneur le Dauphin et Madame la Dauphine. Deux portraits in-4. Bonnes épreuves.

LIVENS (J.)

339 — Mercure et Argus (B., 10). Belle épreuve.

LOUTHERBOURG (d'après P.-J. de)

340 — L'Agneau Chéri, par Leveau. Belle épreuve, marge.

341 — Diane et ses Nymphes au Bain, par L. Garreau. Épreuve à l'état d'eau-forte.

HANS MAKART (d'après)

342 — Les Sens. Suite de cinq compositions, reproduites par l'héliogravure.

MANTEGNA (d'après)

342 *bis* — Le triomphe de Jules César, gravé en clair-obscur, par Andreani, en 1599 (B. 12, p. 101. n° 11). Suite de neuf planches. Manque le n° 1. Très belles épreuves. Rare.

MARCEAU-SERGENT (Emira)

343 — Le Monde, — Le Ciel, — Le Feu, — L'Air, — La Terre, — L'Eau, — Les Arts. Sept pièces, gravées en couleur, pour un livre in-8. Elles sont datées de l'An X. Très belles épreuves.

MARILLIER (d'après)

344 — *Fénélon*, — *Boileau*, — *Molière*, — *La Fontaine*, pour *les Français illustres*, gravés par Ponce. Quatre pièces. Très rares épreuves, à l'état d'eau-forte.

MARILLIER (d'après)

345 — Offrande à Vénus ou la Victime Agréable, par de Ghendt. Très belle épreuve, toute marge.

MAROT ET **PERRAULT**

346 — Deux Plans de projets de construction du Louvre, — Plan et Vue du château de Madrid. Quatre pièces..

MARTINI (P.-A.)

347 — Coup d'œil exact de l'arrangement des peintures au Salon du Louvre, en 1785, — Exposition au Salon du Louvre, en 1787. Deux pièces, faisant pendants. Très belles épreuves.

348 — The Exhibition of the Royal Academy, 1787, d'après H. Ramberg. Superbe épreuve, toute marge.

MASSÉ (J.-B.)

349 — *Coypel* (Antoine), d'après lui-même, in-fol. Belle épreuve.

MASSON (Ant.)

350 — *Abelli* (L.), évêque de Rodez (R. D., 8). Belle épreuve.

351 — *Bignon* (Jérôme). R. D , 13. Très belle épreuve.

352 — *Cureau de La Chambre* (Marin), d'après Mignard (R. D., 24). Belle épreuve du premier état.

MEISSONIER (d'après)

353 — L'Audience, par Carey, — la Halte, par Flameng. Deux pièces.

MERYON (Ch.)

354 — Ministère de la marine. Belle épreuve.

MICHEL (J.-B.) ET **LITTRET**

355 — *Rousseau* (J.-J.). Deux portraits in-8 et in-4. Belles épreuves.

MILCENT

356 — Veue de Paris, dessinée du clocher de l'église de Chaillot en 1733. Belle épreuve.

MOND'HARE

357 — *Bertinazzi* (Carlin), de la Comédie-Italienne. In-4, en couleur. Très belle épreuve, marge.

358 — *Du Gazon* (Mme), de la Comédie-Italienne. In-4, en couleur. Belle épreuve.

MONNET (d'après)

359 — Vénus et Nymphes avec l'Amour. Epreuve à l'état d'eau-forte.

MONTCORNET

360 — Portraits d'hommes et de femmes du dix-septième siècle. Dix-sept pièces.

MONTIGNY

361 — Vénus au bain. Petite pièce de forme ronde.

MOREAU (d'après L.)

362 — Le Villageois entreprenant, par Germain et Patas. Epreuve à l'état d'eau-forte.

MOREAU (J.-M.) LE JEUNE

363 — Décoration du sacre de Louis XVI, roi de France et de Navarre, à Reims, le 11 juin 1775. Deux épreuves.

364 — Le Prince de Lambesc aux Tuileries. In-4. Très rare épreuve à l'état d'eau-forte.

MOREAU (d'après J.-M.)

365 — Les Précautions, par Martini. Très belle épreuve, marges.

366 — Tullie passant sur le corps de son père, par J.-B. Simonet. Très belle épreuve avant la lettre, grandes marges.

MOREAU (d'après J.-M.)

367 — Le Matin. Gravure in-4, d'après une vignette de Moreau pour les *Chansons* de La Borde.

MORGHEN (Raphaël)

368 — *Dante*. In-4. Belle épreuve avant la lettre.

MORLAND (d'après G.)

369 — A Party Angling, par Keating. Très belle épreuve.

NANTEUIL (Robert)

370 — *Anne d'Autriche*, d'après Mignard (R. D., 22). Belle épreuve.

NANTEUIL (Célestin)

371 — Le Chemin du Calvaire. Grand frontispice in-fol.

NATTIER (d'après J.-M.)

372 — Madame Louise-Elisabeth de France, duchesse de Parme (*La Terre*), par Balechou. Très belle épreuve.

NORTHCOTE (d'après)

373 — Petite Laitière anglaise, par Bonnefoy, en couleur. Belle épreuve.

PAROY (le comte de)

374 — *Le Brun* (Mme Vigée), d'après elle-même. Belle épreuve, coupée à l'ovale.

PASSE (Crispin de) ?

375 — Histoire de l'enfant prodigue. Suite de quatre pièces. — La même histoire, en trois compositions avec vers en bas. En tout sept pièces.

PATER (d'après J.-B.)

376 — Le Désir de plaire, par L. Surugue. Belle épreuve.

PENCZ (G.)

377 — Deux sujets d'un conte d'Albert d'Eyb (B., 87-88). Belles épreuves.

PICART (B.)

378 — Frontispice avec le portrait de Boileau. — Dédicace. Deux pièces, Belles épreuves.

PITAU (N.)

379 — *Perefixe de Beaumont* (H. de), d'après Mignard. In-fol. Très belle épreuve.

380 — *Priolo* (Benjamin), d'après C. Lefèvre, in-4. Epreuve avant la lettre.

381 — *Priolo* (B.), d'après Lefèvre, in-4. Très belle épreuve avant la lettre.

PITOU

382 — Faith, d'après Angelica Kauffmann. In-4, en couleur.

POILLY

383 — Louis XIV, accompagné de Minerve, marche audevant d'une troupe de guerriers, d'après Mignard. Grande composition pour un haut de thèse. Très belle épreuve.

PONTIUS (P.)

384 — Isabelle-Claire-Eugénie, infante d'Espagne, d'après Rubens, en habit de religieuse. Très belle épreuve.

PORPORATI

385 — Le Coucher, d'après Vanloo, — Suzanne au bain, d'après Santerre. Deux pièces faisant pendants. Belles épreuves.

386 — Les mêmes estampes. Très belles épreuves.

387 — Garde à vous! d'après Angelica Kauffmann. Belle épreuve.

PRUD'HON (d'après P.-P.)

388 — Le cruel rit des pleurs qu'il fait verser, — l'Amour réduit à la raison, — la Vengeance de Cérès, — les Arts, — la Navigation, — le Désir, — Age mûr, — Cérès. Huit pièces gravées par Copia, Prud'hon fils et Roger.

PRUD'HON (d'après P.-P.)

389 — Minerve alimentant les arts et les sciences, par Mlle A. Bleuse.

QUEVERDO

390 — Calendrier républicain; en haut, les portraits de Marat et M. Lepelletier. Bonne épreuve.

QUEVERDO (d'après)

391 — *Cordoy* (Marie-Anne-Charlotte), par Massol, in-8. Bonne épreuve.

392 — Le même portrait. Epreuve avec marge.

393 — Scènes du *Déserteur,* opéra comique. Deux pièces gravées par Dambrun, faisant pendants. Très belles épreuves.

RAFFET

394 — La Grande revue, sujets d'albums et voyage en Russie. Quinze pièces.

395 — *Napoléon* (Affiche pour l'*Histoire de*), par M. de Norvins (121 *ter*).

RAMBERG

396 — Le Rossignol, — les Lunettes. Deux compositions in-fol. tirées des *Contes de La Fontaine.* Très belles épreuves.

397 — Le Villageois qui cherche son veau, — les Cerises. Deux compositions tirées des *Contes de La Fontaine.*

RENIER (L.)

398 — Vue des remparts de Vincennes le 21 mars 1804, à quatre heures et demie du matin.

RÉVOLUTION (Pièces sur la)

399 — Brissot mettant ses gants, — Dernier effort des Jacobins, — Je suis entre le peuple et la loi. Trois pièces.

400 — Les Derniers adieux de Louis XVI à sa famille. Très belle épreuve, toute marge.

RÉVOLUTION (Pièces sur la)

401 — Louis-Charles de France, dauphin, en armure, tenant un bouclier sur lequel sont les portraits du roi, de la reine et de Madame. In-8 en bistre.

ROMANET

402 — *Charles-Théodore*, comte palatin du Rhin, d'après Battoni. In-fol. Très belle épreuve, marge.

403 — *Louis XVI*, d'après Bounieu. In-fol. Belle épreuve.

404 — Le Sommeil, d'après le Titien. Superbe épreuve avant la lettre.

ROWLANDSON (d'après)

405 — Vaux-Hall, par Pollard, en couleur. Très belle et ancienne épreuve.

RUISDAEL (J.)

406 — Le Petit-Pont (B., 1). Bonne épreuve.

RYMSDYK (J.-V.)

407 — *Orange* (Frederick Henry and Emilia van Solms, prince, and princess of), d'après Jordaens. In-fol. en manière noire. Très belle épreuve.

SAINT-AUBIN (Aug. de)

408 — *Amyot*, petit buste pour titre de livre. Epreuve sur chine, tirage hors texte.

SAINT-AUBIN (d'après Aug. de)

409 — L'Hommage réciproque. Deux pièces faisant pendants, gravées par Gaultier (M. et Mme Saint-Aubin). Belles épreuves.

410 — Valide ou Sultane mère, par Mme Lingée. In-4 en couleur. Belle épreuve.

SANTWOORT

411 — *Tulpius*, représenté assis dans un fauteuil. In-8. Epreuve avant la lettre.

SAUVÉ (J.)

412 — *Puységur* (Messire Jacques de Chastenet, seigneur de). In-8. Belle épreuve.

SCHALL (d'après)

413 — La Comparaison, par Bouillard et Dupréel. Très belle épreuve, marge.

414 — Les Espiègles, par Descourtis, en couleur. Très belle épreuve.

415 — Le Modèle disposé, par Chaponnier.

SCHIAVONETTI

416 — Louis XVI montant à l'échafaud. Superbe épreuve avant toutes lettres.

SCHMIDT (G.-F.)

417 — *Mignard* (Pierre), d'après Rigaud. In-fol. Très belle épreuve.

418 — *Rousseau* (J.-B.), d'après Aved. In-8. Belle épreuve.

SCHMIDT ET THOMASSIN

419 — *Sévigné* (la marquise de), — *Bourgogne* (Mme la duchesse de). Deux portraits in-8 et in-4. Belles épreuves.

SCHUPPEN, B. PICART, TARDIEU ET TROUVAIN

420 — *Fromentières* (Jean-Louis de), — *Lachaise* (le R. P. Franç. de), — *Montausier* (le duc de), — *Le Tourneux* (Nicolas). Quatre portraits in-8. Très belles épreuves.

SERGENT

421 — *Haüy* (Valentin). In-4 en couleur. Belle épreuve.

SICHEM (CHRIS. VAN)

422 — *Leyden* (Johan Beuckels von), roy des Anabaptistes dans Munster, 1533. In-8. Belle épreuve.

SILVESTRE (ISRAEL)

423 — Perspective de la ville de Paris, veue du pont des Tuileries. Très belle épreuve,

SILVESTRE (Israel)

424 — Vue et perspective du collège des Quatre-Nations (90-1), — Plan général du palais des Tuileries (161-1), — Veue du palais des Tuileries du côté du jardin (161-2), — Veue du palais des Tuileries du costé de l'entrée (161-3), — Plan du jardin du palais des Tuileries (161-5), — Veue du palais et des jardins des Tuileries (161-6), — Veue des jardins du palais des Thuilleries (161-9). Sept pièces.

425 — Plan et veue du chateau de Blois (175, 1 et 2), — Veues du chateau de Chambord (184, 1-2), — Vues du chateau de Fontainebleau (216, 25-26-27-28-29-30). Dix pièces.

426 — Vues du palais de Fontainebleau (216, 23-24-25-28 et 29). Cinq pièces.

427 — Veue du chateau de Jametz (232-24), — Profil de la ville et forteresse de Marsal (232-26), — Profil de la ville de Metz (232-28), — Veue et perspective de Mommedy (232-31), — Profil de la ville et citadelle de Stenay (232-33), — Veue et perspective de la ville et citadelle de Verdun (232-36), — Veue du chasteau de Marimont (242). Sept pièces.

428 — Plan et vues du chasteau de Monceaux (254, 1-2-3), — Plan du chasteau neuf de Saint-Germain en Laye (292, 2), — Veues de la maison de Sceaux (298, 1-2), — Veue de la ville et chasteau de Sedan (299). Sept pièces.

429 — Vues de Ruel (287, 2-3-4-5-6-7-8-9-10-11-12-13-14-15). Vingt pièces dont six doubles. Très belles épreuves.

430 — Vues de Lyon. Six pièces.

SIMON (J.-P.)

431 — Les Mois de l'année. Suite de douze estampes in-fol. publiées en 1808. Très belles épreuves, marges.

SMITH (J.-R.)

432 — Wood-Nymph, d'après Woodford. Très belle épreuve.

SMITH (J.)

433 — Les Amours des dieux. Suite de neuf pièces et un titre, d'après Titien. Superbes épreuves, avec marges. Rares.

SOUFFLOT (d'après J.-G.)

434 — Loge des changes de Lyon, par Bellicart. Très belle épreuve, marge.

STOOP (THIERRY)

435 — Différents chevaux. Suite de douze estampes (B., 1-12).

SUNTACH (J.)

436 — Madame *Hart*, d'après De Non. In-4. Belle épreuve.

TAUNAY (d'après)

437 — Le Départ de l'enfant prodigue, — L'Enfant prodigue en débauche. Deux pièces gravées en couleur par Descourtis. Très belles épreuves, grandes marges.

438 — La Tourterelle poursuivie, gravée en couleur par Coqueret. Très belle épreuve, grande marge.

TESSARI (A Londres, chez)

439 — Cupid and Psyché, — Beauty and Time. Deux pièces en couleur faisant pendants. Belles épreuves.

TOSCHI (P.)

440 — *Cazes* (le comte de), d'après Gérard. In-fol. Belle épreuve, marges.

TROUVAIN

441 — Marie-Louise d'Orléans, reine d'Espagne, en manteau de cour.

TURNER (C.)

442 — *Peel* (Robert), d'après sir Thomas Lawrence. In-fol. Belle épreuve.

VALÉE (S.)

443 — *Pécoil* (Mme), d'après Rigaud. In-fol. Très belle épreuve, marge.

VANLOO (d'après C.)

444 — Jeune femme en buste, avec perles dans les cheveux, gravé aux trois crayons par Du Ruisseau. Belle épreuve.

VELDE (J. Van)

445 — Fête de village, hollandaise. Très belle épreuve.

VERMEULEN (Cl.)

446 — *Sevin* (P.-P.), peintre, d'après Cotelle. In-4. Belle épreuve.

VERNET (d'après J.)

447 — L'Officier en promenade du matin, — Promenade de l'après-dîné, — Promenade du matin, — Promenade du soir, — Dame et Marchand du Levant, — L'Agréable société. Suite de six pièces gravées par Moreau et Le Bas, tirées des *Ports de France*. Très belles épreuves.

VERNET (d'après C.

448 — L'Entrée dans le bois,— La Chasse. Deux pièces faisant pendants, gravées par Allais. Très belles épreuves, grandes marges.

VERNET (d'après Horace)

449 — Incroyables et Merveilleuses. Huit pièces gravées par Gatine, en couleur. Très belles épreuves, toutes marges.

VIGNETTES

450 — **Anonymes**. Vignettes in-18, représentant les mois et jours de l'année, avec les occupations de chaque saison. Soixante-douze pièces.

451 — Vignettes in-8, pour *le Nouvel Abeilard*, par Rétif de la Bretonne, 1778. Cinq pièces.

452 — Fleurons gravés sur bois, pour un livre du dix-neuvième siècle. Trente-cinq pièces. Epreuves tirées hors texte.

453 — **Audot**. Vignettes in-12, gravées ou trait et éditées par Audot, pour *Romeo et Juliette*. Douze pièces.

VIGNETTES

454 — **Bayard**. Estampes pour les Œuvres de Molière, d'après les dessins de Emile Bayard, gravées à l'eau-forte par P. Teyssonnières, Ad. Lalauze et J. Dupont. Epreuves d'artiste tirées à cent exemplaires. Paris, Damascène Morgand et Charles Fatout, 1879.

455 — **Béranger**. Vignettes à claire-voie, gravées par les premiers artistes, d'après les dessins de MM. Adam, Bellangé, Boilly, Boulanger, Bonington, Charlet, etc., pour les *Chansons* de P.-J. Béranger. Paris, Perrotin, 1829. Soixante-quinze pièces, en partie sur chine et plusieurs avant la lettre.

456 — Vignettes grand in-8, d'après de Lemud, Charlet Daubigny, etc., pour les *Chansons* de Béranger. Seize pièces.

457 — Réunion de vignettes par Monnier, Johannot, Granville, pour les *Chansons* de Béranger. Cent quatorze pièces.

458 — **Binet** (d'après). Vignettes in-4 en largeur, pour les Œuvres de Rétif de la Bretonne. Huit pièces.

459 — **Boilvin**. Suite de dix figures in-8, pour les Œuvres de F. Coppée. Epreuves avant la lettre, sur japon.

460 — **Boucher**. Trente-quatre vignettes, gravées par J. Punt, pour les Œuvres de Molière. Très belles épreuves.

461 — **Charlet**. Vignettes in-8 à claire-voie, pour les *Chansons* de Béranger. Dix pièces.

462 — **Chodowiecki**. Suite complète de vingt-une gravures in-8 et un portrait, pour *Clarisse Harlowe*.

463 — **Choffard** (P.-P.). Femme nue couchée sur des nuages. En tête pour le 2e volume des *Contes* de La Fontaine, édition des Fermiers généraux. Epreuve tirée hors texte.

464 — Fleuron pour *Voyage pittoresque de Naples et de Sicile*, par Saint-Non. Epreuve tirée hors texte.

465 — Vignette en-tête pour le *Jugement de Paris*. Epreuve tirée hors texte, avec marge.

VIGNETTES

466 — **Choquet**. Douze vignettes in-12, gravées par Pauquet, pour *Gil Blas*. Rares épreuves à l'état d'eau-forte.

467 — **Desenne**. Figures pour les Œuvres de Voltaire, gravées par les plus habiles artistes. A Paris, chez Menard et Desenne, 1826. Quatre-vingt pièces. Epreuves sur chine.

468 — **Desenne, Eugène Lami et Johannot**. Vignettes in-8 et fleurons pour les éditions de Walter Scott, publiées par Charles Gosselin et Furne. Quarante-six fleurons et cinquante-quatre figures, dont dix-sept à l'eau-forte et neuf avant la lettre, en tout cent pièces.

469 — **Desève**. Vignettes en-tête et frontispices pour divers livres. Seize pièces. Epreuves tirées hors texte.

470 — **Desnos**. Treize vignettes in-18, pour un Almanach de poche, publié par Desnos. Epreuves avant la lettre, imprimées sur une même feuille.

471 — Douze vignettes in-18, imprimées sur une même feuille, pour un Almanach de poche.

472 — **Divers**. Le Coucher, les Grâces, Danaë, etc. Huit pièces avant la lettre, sur chine.

473 — Recueil de vignettes pour le *Mérite des femmes*. Quatorze pièces, dont plusieurs à l'eau-forte.

474 — Vignettes d'après Desenne, Moreau et autres, pour le *Mérite des femmes*. Treize pièces avant la lettre, dont cinq doubles à l'état d'eau-forte.

475 — Vignettes d'après Moreau, Boucher et autres. Vingt-six pièces, dont sept à l'état d'eau-forte.

476 — Vignettes d'après Queverdo, Monnet, Cochin, Le Bouteux, Eisen, Gravelot, etc., pour ouvrages du dix-huitième siècle. Soixante-huit pièces, dont plusieurs avant la lettre et à l'eau-forte.

477 — Vignettes in-8 et in-4, d'après Taraval, Eisen, Moreau et Le Barbier. Quatre pièces. Belles épreuves.

VIGNETTES

478 — **Divers**. Vignettes et estampes d'après Eisen, Cochin, Gravelot, Moreau, Boucher, Monnet, Desrais, etc., pour illustration de livres du dix-huitième siècle. Cinquante et une pièces.

479 — Vignettes, fleurons et en-tête, d'après Cochin, Marillier, Moreau, etc. Cinq pièces à l'eau-forte ou avant la lettre.

480 — Vignettes et portraits par Desenne, Boucher, Moreau, pour les Œuvres de Voltaire et de Molière. Cent vingt et une pièces.

481 — **Dutailly** (d'après). Compositions in-8 de forme ronde, pour *Paul et Virginie*, gravées par Guyot, en couleur. Quatorze sujets imprimés sur sept feuilles. Superbes épreuves.

482 — **Eisen** (d'après Ch.). Combat des centaures et des lapythes, pour les *Métamorphoses d'Ovide*. Épreuve à l'état d'eau-forte.

483 — Suite de quatre vignettes, en-tête de pages, gravées par Baquoy, pour les *Quatre Parties du jour*, poème traduit de l'allemand de M. Zacharie. Superbes épreuves, tirées hors texte.

484 — Vignette in-8, pour *Histoire philosophique et politique des établissements et du commerce des Européens dans les deux Indes*, par Raynal. Rare épreuve à l'état d'eau-forte.

485 — Vignettes in-8, pour les *Nouvelles historiques* d'Arnaud. Sept pièces.

486 — **Eisen, Moreau et Lebarbier**. Vignettes in-8 et in-4, pour les *Métamorphoses* d'Ocide et les Œuvres de Rousseau. Six pièces, dont une avant la lettre.

487 — **Foulquier**. Trois vignettes en-tête de pages, pour Racine. Épreuves avant la lettre.

VIGNETTES

488 — **Foulquier**. Cinquante vignettes pour les Œuvres de Molière, dessinées et gravées à l'eau-forte par Valentin Foulquier, pour le *Théâtre choisi*, publié par MM. Alfred Mame et fils. Épreuves d'artistes tirées à cent exemplaires sur papier du Japon, n° 77. Paris, Damascène Morgand et Charles Fatout, 1878.

489 — **Gravelot** Vignettes en-tête de pages, pour la *Jérusalem délivrée*. Treize pièces, tirées hors texte.

490 — **Gravelot** (d'après). Vignette in-8, pour Corneille. Rare épreuve à l'état d'eau-forte.

491 — Suite complète de dix gravures in-4, par divers graveurs, pour *la Henriade*. Très belles épreuves.

492 — **Hersent**. Compositions in-4, pour les *Contes* de La Fontaine. Six pièces.

493 — **Hillemacher**. Sept vignettes, dont un frontispice, pour les Œuvres de Boileau. Épreuves sur chine volant, avant la lettre.

494 — **Johannot**. Vingt vignettes pour les Œuvres de F. Cooper, dessinées et gravées à l'eau-forte, par MM. Alfred et Tony Johannot et terminées par M. Bouvier. Paris, Furne, 1831.

495 — Vignettes pour les Œuvres de M. C. Delavigne. Paris, Furne, 1833. Neuf pièces.

496 — Vignettes pour les Œuvres de Lamartine, 1832. Quatre pièces.

497 — **Johannot** (T.). Vignettes in-8, pour les *Contes* de Nodier. Treize pièces. Epreuves avant la lettre, sur chine.

498 — **Lefèvre**. Suite de vingt-quatre gravures in-18, pour les *Aventures de Télemaque*. Belles épreuves.

499 — **Marillier** (P.-C.). Deux vignettes en-tête de pages, pour l'*Agriculture*, poème de Rosset, 1774. Très rares épreuves, tirées hors texte, en double état, eaux-fortes et épreuves terminées, ces dernières avec grandes marges. Quatre pièces.

VIGNETTES

500 — Huit gravures in-4, d'après Saint-Quentin, de Loutherbourg, pour le même ouvrage. Très belles épreuves, avec marges.

501 — **Marillier** (d'après). En-tête et fleurons pour les *Fables* de Dorat. Vingt-cinq pièces, dont deux doubles à l'état d'eau-forte. Superbes épreuves tirées hors texte, avec marges, sauf trois pièces dont les marges sont plus petites.

502 — — Vignettes in-18, pour les Œuvres de Berquin. Cinq pièces. Epreuves avant les numéros.

503 — — Vignettes in-8, pour les *Contes des fées*. Soixante-cinq pièces.

504 — — Vignettes in-8, avec bordures, pour la *Sainte Bible*. Vingt-deux pièces. Epreuves avant la lettre.

505 — **Marillier et Eisen**. Fleurons pour livres du dix-huitième siècle. Trois pièces. Epreuves tirées hors texte.

506 — — Vignettes in-8, pour les Œuvres d'Arnaud. Vingt-trois pièces. Très belles épreuves.

507 — **Martinet**. Trois gravures in-4, pour le *Prix de beauté*, comédie. Très belles épreuves.

508 — **Manuel** (d'après C.). Suite de cinq gravures in-8, avec bordures, gravées par Patas, de Launay, pour les Œuvres de Gresset. Epreuves en double état, avant la lettre, et eaux-fortes.

509 — — Vignettes in-8, pour les *Contes* de Voltaire, édition de Bouillon. Dix-neuf pièces, dont cinq avant les numéros.

510 — **Moreau** (d'après J.-M.). Deux gravures in-4, gravées par J.-B. Simonet et Dambrun, pour : *Réflexions morales de l'empereur Marc-Antonin*, traduites par Dacier, 1800. Epreuves avant la lettre.

511 — — Quatre gravures in-8, et un portrait gravé par Cathelin, d'après Ducreux, pour les *Annales de Marie-Thérèse*. Très belles épreuves, avec marges.

VIGNETTES

512 — **Moreau** (d'après J.-M.). Deux gravures in-4, gravées par Giraud, Dambrun et Dupréel, pour les *Entretiens de Phocion...*, par Mably. Rares épreuves à l'état d'eau-forte, plus les deux mêmes gravures, avec la lettre. Quatre pièces.

513 — — Deux gravures in-8, par Simonet et Leveau, pour *les Incas*. Très belles épreuves avant la lettre, marges.

514 — — Vignettes in-8, pour les Œuvres de Métastac, 1780. Sept pièces. Très belles épreuves avant la lettre; une est double, à l'état d'eau-forte.

515 — — Suite de trente-quatre gravures in-8, dont un portrait gravé par Cathelin, pour les Œuvres de Molière, édition de Bret. Belles épreuves, plusieurs sont remontées.

516 — — Suite complète de trente et une gravures in-8, dont un portrait par Saint-Aubin, pour les Œuvres de Molière, publiées par Renouard. Très belles épreuves d'ancien tirage, toutes marges.

517 — — Cinq gravures in-8, pour : *les Grâces de Querlon*. Très belles épreuves.

518 — — Suite de vingt-huit gravures in-8, pour les Œuvres de Molière, publiées chez Renouard. Belles épreuves.

519 — — Vignette in-8, par N. de Launay, pour *les Grâces*. Epreuve avant la lettre.

520 — — Onze vignettes in-8, et un portrait gravé par Saint-Aubin, pour les Œuvres de Racine.

521 — — Fleuron du titre du quatrième volume des Œuvres de Rousseau, 1774. Rare épreuve, tirée hors texte, non entièrement terminée, marge.

522 — — Le Premier baiser de l'amour, par N. le Mire, pour Rousseau. Epreuve avant le numéro, marge.

523 — — Saint-Preux, Milord Edouard et M. d'Orbe, par Duclos, pour les Œuvres de Rousseau, 1774. Très rare épreuve, à l'état d'eau-forte.

VIGNETTES

524 — **Moreau** (d'après J.-M.). Vignettes in-4, pour les Œuvres de Rousseau, 1774. Trois pièces.

525 — — Vignettes in-8, pour *les Saisons* de Thompson. Deux pièces. Belles épreuves.

526 — — Suite complète de quatre vignettes in-8, pour l'*Enéide* de Virgile, traduite par Jacques Delille. Superbes épreuves avant la lettre, toutes marges.

527 — — Gravures in-4, pour *la Henriade*. Cinq pièces.

528 — — Portrait de Henri IV, — Titre avec fleuron et dix gravures in-4, pour *la Henriade*. Très belles épreuves, avec marges.

529 — — Suite de dix vignettes par divers graveurs, et un portrait par Saint-Aubin, pour la Henriade. In-8, édition Renouard. Très belles épreuves tirées sur format in-4.

530 — — Vignettes in-8, pour les Œuvres de Voltaire, édition Renouard. Onze pièces avant la lettre, dont cinq à l'état d'eau-forte.

531 — **Moreau et Bernard Picart**. Deux suites différentes, plus un frontispice pour les Œuvres de Boileau. Quatorze pièces.

532 — **Moreau et Eisen**. Vignettes in-8, pour *les Grâces, Jugement de Paris, Adonis*, etc. Neuf pièces, dont deux à l'eau-forte.

533 — **Orléans** (Ph. d'). Vignettes pour les *Amours pastorales de Daphnis et Cloé*. Quarante-deux pièces.

534 — **Pourvoyeur**. Vignettes in-18, sujets tirés des *Fables* de La Fontaine, pour un Almanach de poche. Six pièces imprimées sur une même feuille.

535 — **Queverdo** (d'après). Suite de douze gravures in-4, avec bordures ornementées pour *la Henriade*. Très belles épreuves. Rares.

536 — **Sadeler**. La Galeria delle Virgini, suite de quarante et une pièces, avec texte, pouvant former un volume in-12.

VIGNETTES

537 — **Saint-Aubin**. Fleurons et en-tête, pour les *Pierres gravées du duc d'Orléans*. Cinq pièces, dont trois à l'état d'eau-forte.

538 — **Stothard et autres**. The dramatic Works of Shakespeare. London, William Pickering, 1826. Trente-quatre pièces.

539 — **Thomas**. Six vignettes in-8, gravées par Noël, pour Sterne. Epreuves avant la lettre, sur chine.

540 — **Turner**. Vues d'Angleterre et paysages. Vingt-sept pièces.

541 — **Vernet** (H.). Dix sujets lithographiés par Horace Vernet, pour *la Henriade* ; deux frontispices gravés par Girardet, d'après Dubois, et trois portraits par Mauzaise, Grevedon, etc. En tout, vingt-trois pièces. Très belles épreuves, sur Chine.

VILLENEUVE ?

542 — *Louis XVI*, roi des Français, représenté en buste dans un médaillon rond, la tête découverte, en couleur. Superbe épreuve, avec marge. Rare.

543 — Le même portrait, la tête est couverte du bonnet rouge, avec ce titre : Louis XVI, roi des Français, couvert du bonnet de la liberté. En couleur. Superbe épreuve, avec marge. Rare.

VILLENEUVE (A Paris, chez)

544 — Marat vainqueur de l'aristocratie. In-4. Rare.

545 — Bacchus, — Diane, — Erigone, — Vénus. Suite de quatre pièces. Très belles épreuves, marges.

WALTNER

546 — Portrait du baron de Vicq, d'après Rubens, — Portrait de Mlle P. M., d'après Paul Dubois. Deux pièces.

WATELET (Cl.-H.)

547 — *Poisson de Vandières* (A.-F.), d'après Cochin, — *Watelet* (Cl.-H.). Deux portraits in-8. Très belles épreuves.

WATTEAU (d'après Ant.)

548 — Les Agréments de l'été, par Joulin. Très belle épreuve.

549 — Bon voyage, par B. Audran. Belle épreuve.

550 — Diane au bain, par P. Aveline. Très belle épreuve.

551 — La Famille, par P. Aveline. Très belle épreuve, marge.

552 — Le Rendez-vous, par B. Audran, — *Sous un habit de Mezetin*, par Thomassin. Deux pièces. Très belles épreuves.

553 — Le Repas de campagne, par Desplaces. Très belle épreuve.

WEXELBERG (F.)

554 — *Aïssé* (Mlle). In-12. Belle épreuve.

WILLE (J.-G.)

555 — La Liseuse, — La Devideuse. Deux pièces d'après Gérard Dow.

556 — Les Musiciens ambulans, d'après Dietricy. Belle épreuve.

WOSSENIK (J.-P.)

557 — Sultane favorite du sultan Achmet IV. In-4 en couleur.

ORNEMENTS ET LIVRES

558 — *Amand-Durand*. Eaux-fortes de Antoine Van Dyck, reproduites et publiées par Amand-Durand, texte par Georges Duplessis... Paris, s. d., 1 vol. in-fol., demi-rel. mar. brun, dos et coins.

559 — — Eaux-fortes de Claude le Lorrain, reproduites et publiées par Amand-Durand, texte par Georges Duplessis... Paris, s. d., 1 vol. in-fol., demi-rel. mar. brun, dos et coins.

560 — *Amand-Durand.* Œuvre de A. Mantegna reproduit et publié par Amand-Durand, texte par Georges Duplessis... Paris, 1878. 1 vol. in-fol., demi-rel. mar. brun, dos et coins.

561 — — Eaux-fortes de Paul Potter, reproduites et publiées par Amand-Durand, texte par Georges Duplessis. Paris, s. d., 1 vol. in-fol., demi-rel. mar. brun, dos et coins.

562 — — Eaux-fortes de J. Ruysdael, reproduites et publiées par Amand-Durand, texte par Georges Duplessis. Paris, 1878. 1 vol in-fol., demi-rel. mar. brun, dos et coins.

563 — — Livres à dentelles, reproduits par Amand-Durand, sous la direction de Emmanuel Bocher. Livres 1, 2 et 3 en portefeuilles.

564 — *An illustrated* record of important Events in the Annals of Europe, during the years 1812, 1813, 1814 et 1815. Comprising A series of Views of Paris, Moscow, the Kremlin, Dresden, Berlin, the battles of Leipzig, etc... London, 1815. 1 vol. in-fol. cart., fig. en couleur.

565 — *Anonymes.* Étiquettes de pharmacien. Douze sujets imprimés sur une même feuille.

566 — *Anonyme.* Maisons de Saint-Germain en Laye. Vingt-deux dessins à la plume et lavis d'encre de Chine. 1 vol. in-8, broché.

567 — *Antiquæ* urbis Romæ... 1532. 1 vol. in-fol. vél. Figures sur bois.

568 — *Appiani.* Les Fastes de Napoléon. Suite de trente-cinq planches en 1 vol. in-4 obl., cart.

569 — *Autographes.* Lettres et documents par *Carrier*, *Choiseul-Praslin*, *Couthon*, Camille *Desmoulins.* Six pièces.

570 — *Babel.* Grand cartouche avec tête de bélier en bas.

571 — *Babel et Lajoue.* Différents compartiments d'ornements, fontaines, etc. Neuf pièces.

572 — *Bachelier.* Collection de culs-de-lampe et fleurons inventés et dessinés par M. Bachelier, peintre du Roy... et gravés par P.-P. Choffard. Première suite. Six pièces. Très belles épreuves, avec marge.

573 — *Bella.* Raccolta di vasi, — Frises, etc. Onze pièces.

574 — — Recueil de divers caprices et nouvelles inventions mises au jour par le sieur E. de la Belle. A. Paris, chez Pierre Mariette, 1646. Seize pièces avec grandes marges.

575 — *Berain* (J.). Arabesques. Quatre pièces.

576 — — Arabesques, meubles et ornements divers. Quatorze pièces.

577 — — Arabesques, meubles, panneaux pour voitures, etc. Dix-neuf pièces. Très belles épreuves, toutes marges.

578 — — Chaise à porteur, ornements de la galerie d'Apollon. Six pièces.

579 — — Horloges, cartels, vases, candélabres, chandeliers, coiffures et armes. Cinq pièces.

580 — *Berain* et *Dolivar.* Costumes pour balets. Onze pièces.

581 — *Betti* (J.-B.). Alphabet. Suite de vingt-cinq pièces dont un titre.

582 — *Bichel* (*Ægidius*). Allerhand inventiones von frankolischem Laubwercht, etc... Anno 1696. Neuf pièces numérotées.

583 — *Boilvin.* Eaux-fortes pour illustrer *Madame Bovary*, Paris, Lemerre, 1876. In-8. Six pièces.

584 — *Boissard* (Robert). Mascarades recueillies et mises en taille-douce par Robert Boissard, 1597. Suite de vingt-quatre pièces en 1 vol. in-4 obl., cart.

585 — *Bouchardon* (Ed.). Études prises dans le bas peuple, ou les cris de Paris. Vingt-deux pièces, en partie, imprimées en sanguine.

586 — *Boucher* (F.) fils. Arabesques. Onze feuilles des cahiers. B. C. et D.

587 — — Décorations intérieures d'appartement. Vingt et une pièces de la seconde partie de l'œuvre publiée en quinze cahiers de quatre feuilles chacun.

588 — — Meubles. Dix-pièces des 11e, 51e et 53e cahiers de l'œuvre.

589 — *Boyvin* (René). Histoire de Jason et de la conquête de la Toison d'or (R. D.; 39-64). Suite de vingt-six pièces dont nous n'avons que vingt-deux. Très belles épreuves.

590 — — Sept pièces de la suite : Panneaux d'ornements animés des divinités du paganisme (R. D.; 119-134).

591 — — Plateaux et brasiers (R. D.; 174), — Espèce de vaisseau (nef) (175), — Deux nécessaires de table vus de front (178). Trois pièces, très belles épreuves, une est doublée.

592 — *Brinclaire* (Mlle). Vases et frise, gravés en sanguine d'après R. L. Quatre pièces. Belles épreuves.

593 — *Bry* (Les de). Fond de coupe, avec trois portraits sur la bordure, — Fond de coupe, le capitaine Prudent, — Fond de coupe, le capitaine des Follie. Trois pièces. Très belles épreuves.

594 — — Emblemata..., avec riches bordures ornementées. Vingt-sept pièces, dont le titre.

595 — *Cadart*. Eaux-fortes des publications Cadart. Deux cent soixante pièces dans deux portefeuilles.

596 — *Catalogue* de tableaux modernes, composant la collec-de M. F. Hartmann. 1881. 1 vol. in-8, cart.

597 — *Catalogues* des collections San-Donato. 1re, 2e, 3e et 4e ventes. Février-mars 1870. 1 vol. in-8. Fig. Demi-rel. mar. brun.

598 — *Cham*. Ah! quel plaisir de voyager. 1 vol. in-4, cart.

599 — *Charlet*. L'Empereur et la garde imperiale. Quarante-pièces en 1 vol. in-fol.,

600 — *Charpentier*. Trophées gravés par Huquier. Cinq pièces.

601 — *Cotelle*. Livre de divers ornements pour plafonds, cintres surbaissez, galleries et autres de l'invention de Jean Cotelle, peintre ordinaire du roi. Dix-neuf pièces. Manque quatre feuilles.

602 — *Cottart, Marot et Lpautre.* Plafonds, lucarnes, vases, frises, etc. Quarante-trois pièces.

603 — *Cuvilliès* (F. de). Livre de pieds de table de différents desseins. Cahier de six feuilles.

604 — *Defraine et Duhamel.* Costumes tirés du *Cabinet des modes.* Soixante-dix-sept pièces en un vol. in-4. Cart.

605 — *Delacroix.* Lithographies et gravures diverses, d'après Eugène Delacroix. Soixante pièces en un vol. in-fol., demi-rel., mar. brun.

606 — *Delafosse.* Iconologie. Quatre-vingt-cinq pièces. Superbes épreuves, toutes marges.

607 — — Quatrième livre de trophées et planches tirées de l'Iconologie. Vingt-cinq pièces.

608 — — Trophées et Iconologie. Cent treize pièces en un vol. in-fol. Cart.

609 — — Appliques et flambeaux. Dix pièces des cahiers BB et CC. de la deuxième partie de l'œuvre.

610 — — Ameublements. Cahiers E. O. et Z. de la troisième partie de l'œuvre de Delafosse. Douze pièces. Très belles épreuves, avec marges.

611 — — Nouvelle Iconologie historique ou attributs hiéroglyphiques..... dédié aux artistes, par Jean-Charles Delafosse, édition publiée à Amsterdam. Un vol. in-fol. cart.

612 — *Delaune* (Et.). Histoire de la Genèse, R. D. (24-59). Suite de trente-six estampes, manque le numéro 26. Très belles épreuves.

613 — — Doubles de la suite précédente. Seize pièces.

614 — — La Géométrie (R. D., 404). Diane (418). Deux pièces. Très belles épreuves.

615 — — Différents sujets de l'Ancien Testament (R. D., 428-433). Très belles épreuves.

616 — — Ornements sur fond noir, ornés de sujets de l'Ancien Testament. Trois pièces.

617 — *Divers*. Arabesques, vases, cartouches et encadrements, de l'École française du dix-huitième siècle. Quarante-sept pièces.

618 — — Ornements par C. Berain, Blondus, Delaune, Moncornet, Bruchon et Fontanieu. Vingt et une pièces.

619 — — Ornements et compositions diverses, par Bruyn, Beham, de Bry. Copies de nielles, ete. Douze pièces.

620 — — Ornements, portraits des Écoles allemande, hollandaise et italienne. Vingt-cinq pièces.

621 — — Ornements variés de l'École française du dix-huitième siècle. Soixante-douze pièces.

622 — *Du Cerceau* (J.-A.). Grands cartouches non décrits. Deux pièces. Très rares.

623 — — Cartouches. Quatre pièces.

624 — — Fonds de coupes. Trois pièces. Rares.

625 — — Grotesques ou petites arabesques. Orléans, 1550. Vingt-cinq pièces et le titre. Très belles épreuves.

626 — — Meubles. Six pièces. Rares.

627 — — Vases et coupes. Vingt-huit pièces, dont quelques doubles.

628 — *Duplessis*. Vases. Neuf pièces de la première et deuxième suite.

629 — *Eisen et Peyrotte*. Fragmens à l'usage de différens artistes. — Vase et ornements rocaille. Sept pièces, avec grandes marges.

630 — *Fantuzzi* (Ant.). Dessin d'une coupe. Belle épreuve.

631 — *Flameng*. Paris qui s'en va et Paris qui vient. Un vol. grand in-4., cart.

632 — *Flaxman*. L'Odyssée et l'Iliade d'Homère. Un vol. in-fol., obl., cart.

633 — *Flaxman*. Œuvres de Flaxman, sculpteur anglais. L'Odyssée d'Homère, — L'Iliade d'Homère, — Les Tragédies d'Eschyle, — L'Œuvre des jours et la Théogonie d'Hésiode, — L'Enfer du Dante, — Le Purgatoire, — Le Paradis. Deux vol. in-fol., obl., cart.

634 — *Fontanieu*. Modèles de vases. Neuf pièces.

635 — *Fay*. Arabesques, troisième cahier, cinq feuilles, — Quatrième cahier, cinq feuilles, — Septième cahier, six feuilles, complet. En tout seize pièces.

636 — *Forty*. Cahier de six feux de cheminées, à l'usage des fondeurs, dessinés par J.-Fr. Forty et gravés par Foin. Cahier C. Complet en six feuilles à toutes marges.

637 — — Cahier de six flambeaux à l'usage des orfèvres et des fondeurs, dessinés par J.-Fr. Forty et gravés par N. Foin. Cahier B., complet en six pièces à toutes marges.

638 — — Feux, boîte à poudre. Quatre pièces.

639 — — Œuvres d'orfèvrerie inventées et gravées par J.-F. Forty, dessinateur. Livre III, flambeaux de table. Quatre pièces.

640 — *Forty et Meissonnier*. Pendules et flambeaux. Huit pièces.

641 — *Gavarni*. Les Coulisses, — Les Artistes, — La Boîte aux lettres. Quarante-deux pièces en un vol. in-4. Cart.

642 — — D'Après nature par Gavarni, texte par MM. Jules Janin, Paul de Saint-Victor, Edmond Texier, Edmond et Jules de Goncourt. Paris, Morizot, s. d. Suite de quarante pièces en quatre cahiers brochés.

643 — — Études d'enfants. Suite de douze pièces, en un vol. in-4. Cart.

644 — — Les Enfants terribles. Trente-deux pièces.

645 — — Les Étudians de Paris, — Manière de voir des voyageurs, — La Vie de jeune homme. Quarante-quatre pièces.

646 — *Gavarni.* Masques et visages, par Gavarni (série nouvelle). Physionomies parisiennes. Paris, Paulin et Le Chevalier. Suite de cinquante planches divisées par séries de dix. Dans la couverture de publication.

647 — — Masques et visages. Manière de voir des voyageurs. Histoire d'en dire deux. Histoire de politiquer. Études d'Androgynes. Les parents terribles. Pierrots-Bohême. Les Petits mordent.— L'École des Pierrots, etc. Cent dix pièces en un vol. in-fol. demi-rel., bas.

648 — *Hero et Léandre*, poème nouveau en trois chants traduit du grec, sur un manuscrit trouvé à Castro, auquel on a joint des notes historiques. Cette édition est ornée d'un frontispice et de huit estampes en couleur, dessinées et gravées par P.-L. Debucourt. Paris, 1801. Un vol. in-4., demi-rel., mar. rouge.

649 — *Hogarth* (W.). Le Paysan et la Paysanne pervertis. Quatorze pièces en un vol. in-fol., obl. Cart.

650 — *Huet* (J.-D.). Sixième et huitième cahiers des arabesques, dessinées par J.-H. Huet, peintre du roi, complets. Huit pièces.

651 — Fragments de dessin, — Principes d'ornement, — Proportions de l'homme, etc. Seize pièces.

652 — *Huet et Dagommer*. Trophées, vases et sujets divers. Sept pièces gravées à la sanguine par Demarteau.

653 — *Iconographie* des contemporains, depuis 1789 jusqu'à 1820. Paris, Delpech, s. d. Cent cinquante-pièces, en livraisons in-fol.

654 — *La Vie* et l'œuvre de Chintreuil, par A. de la Fizelière, Champfleury, F. Henriet. Quarante eaux-fortes par Martial, Beauverie, Taiée, Ad. Lalauze, Saffray, Selle, Paul Roux. Paris, 1874, 1 vol. in-fol., broché.

655 — *Lagrenée.* Recueil de compositions par Lagrenée le jeune. Cinq pièces, dont deux doubles.

656 — *La Joue* (*J. de*). Buffets, cartouches, etc. Onze pièces gravées par Huquier.

657 — *La Londe*. Cahier de bordures à l'usage de la sculpture, etc., avec leurs profils. Quatrième cahier de l'œuvre, complet.

658 — Cheminées avec leurs trumeaux, etc. Douzième cahier de l'œuvre. Cinq pièces.

659 — Meubles. Sept pièces de divers cahiers.

660 — ***Le Clerc** (**Sébastien**)*. L'œuvre de Sébastien Le Clerc, en trois cent quarante pièces reliées en 2 vol. in-fol. et in-4, cart.

661 — ***L'Égaré** (**Gédéon**)*. Livre de feuilles d'orfèvrerie, inventé par Gédéon l'Égaré. Sept pièces dont un titre.

662 — ***Lepautre** (J.), **Lepautre***, peintre. In-4 en largeur. Epreuve avant la lettre.

663 — Vases, cheminées, ornements d'église, etc. Quarante-huit pièces.

664 — ***Mariette***. Modèles pour décors d'orfèvrerie. Sept pièces.

665 — ***Mariette et Langlois***. Ornements et plans de jardins, tirés de l'*Architecture à la mode*. Cent soixante-dix pièces.

666 — ***Martial***. Ancien Paris, division de 1796 à 1860. Cinquante pièces en 1 vol. in-4, demi-rel. mar. vert.

667 — Annuaire des beaux-arts, 1875-1876. 2 vol. in-4. cart.

668 — L'Exposition universelle de 1878. Lettre illustrée. Quarante-huit eaux-fortes. 1 vol. in-4 en feuilles.

669 — Les Marins de la défense de Paris en 1871. Seize planches dans la couverture de publication.

670 — Paris intime. Notes et eaux-fortes. Soixante-deux pièces en 1 vol. et in-fol. broché.

671 — ***Martial***. Paris pendant le siège. Notes et eaux-fortes.

Lalanne. Souvenirs artistiques du siège de Paris, 1870-1871. Eaux-fortes par Maxime Lalanne.

Martial. Paris sous la Commune. Notes et eaux-fortes.

Pierdon. Saint-Cloud brûlé. Eaux-fortes par F. Pierdon.

Cinquante-deux pièces, titres compris, en 1 vol. in-fol. demi-mar. vert.

672 — MASSÉ. La grande galerie de Versailles et les deux salons qui l'accompagnent, par Charles Le Brun, premier peintre de Louis XIV, dessinés par Jean-Baptiste Massé, et gravés sous ses yeux par les meilleurs maîtres du temps. Paris, 1752. In-fol., texte et quarante-quatre planches.

673 — *Moithey*. Trophées représentant les Eléments. Suite de quatre pièces à toutes marges.

674 — *Mondon le fils*. Livres de forme rocaille et de trophées. Treize pièces gravées par Aveline, avec marges.

675 — *Montrosier*. Les chefs-d'œuvre d'art au Luxembourg. Librairie d'art, Ludovic Baschet, s, d. Vingt-neuf livraisons, en portefeuille.

676 — *Oppenort* (*G. M*). Septième livre contenant des fontaines pour la décoration des jardins et places publiques inventés par G. M. Oppenort et gravés par Huquier. Six pièces avec marge.

677 — *Ovide*. Les Métamorphoses d'Ovide divisés en quinze livres, avec de nouvelles explications historiques, morales et politiques sur toutes les fables, chacune selon son sujet, enrichies de figures et nouvellement traduites par Pierre Du Royer. A Paris, 1660. 1 vol in-fol. veau.

678 — *Parizeau*. Bacchanales, sacrifice et triomphes d'amours. Six pièces en forme de frises.

679 — *Pater* (*d'après J.-B.*). Seize estampes par divers graveurs, pour *le Roman comique* de Scarron. 1 vol. in-fol. obl. cart.

680 — *Percier et Fontaine*. Arabesques, meubles et décorations d'appartements. Quarante-sept pièces.

681 — *Perelle*. Vues de Paris et de France. Quatre-vingt-dix-sept pièces.

682 — *Petitot*. Suite de vases tirée du cabinet de M. du Tillot, marquis de Felino, et gravée à l'eau-forte d'après les desseins de M. le chevalier En. Al. Petitot, par B. Bossi, 1864. Trente-deux planches et trois feuilles de texte. In-fol. à toutes marges.

683 — *Picart* (*B.*). Scènes de la vie juive, dessinées d'après nature par Bernard Picart, 1663-1733. Paris, librairie A. Durlacher, 1884. Dix-sept pièces, en portefeuille.

684 — *Pineau*. Nouveaux dessins de plafonds inventés par Pineau, et qui peuvent s'exécuter en sculpture ou en peinture. Six pièces à toutes marges.

685 — *Piranesi et Vasi*. Vues de Rome. Deux cent dix pièces en 1 vol. in-fol. obl., cart.

686 — Les *Portraits* des hommes illustres françois qui sont peints dans la galerie du Palais Cardinal de Richelieu. Avec leurs principales Actions, Armes, Devises et Eloges latins. Desseignez et gravez par les sieurs Heince et Bignon..... Ensemble les Abregez historiques de leurs vies, composez par M. de Vulson sieur de La Colombière. Paris, 1655. 1 vol. in-fol., cart.

687 — *Queyroy*. Le Vieux Moulins, par A. Queroy. Vingt pièces en 1 vol. in-4, cart.

688 — *Ranson*. Première suite de différents attributs, trophées et groupes de fleurs. Six pièces.

689 — Cinquième cahier de trophées de musique. Six pièces.

690 — Premier cahier de groupes de fleurs et d'ornements, cahier A. Quatre pièces.

691 — Trophées et cartouches. Douze pièces de divers cahiers.

692 — *Recueil* contenant cent estampes, par B. Picart, Perelle, Tempesta, Della Bella, S. Leclerc, G. Huret, Cl. Mellan. In-fol., cart.

693 — *Recueil* de cent estampes représentant différentes nations du Levant, tirées sur les tableaux peints d'après nature en 1707 et 1708, par les ordres de M. de Ferréol, ambassadeur du roi à la Porte, et gravées en 1712 et 1713 par les soins de M. Le Hay. A Paris, 1714. 1 vol. in-fol. vélin.

694 — *Recueils* de gravures sur bois tirées de livres du seizième siècle. 4 vol. in-4, brochés, contenant cinq cent quatre-vingts pièces.

695 — *Recueil* de sujets religieux. Cent quatre-vingt-cinq pièces en 1 vol. in-fol. vel.

696 — *Recueil* de vues d'Europe. Cinquante pièces coloriées en 1 vol. in-fol. obl., cart.

697 — *Reveil*. Musée de peinture et de sculpture, ou recueil des principaux tableaux, statues et bas-reliefs des collections publiques et particulières de l'Europe, dessiné et gravé à l'eau-forte sur acier par Reveil, avec des notices descriptives, critiques et historiques par Duchesne aîné. Cent quinze livraisons.

698 — *Salembier*. Cahier de frises composées et gravées par Salembier. Cinq pièces.

699 — *Salembier et Queverdo*. Frises et arabesques. Six pièces.

700 — *Saly*. Nouveau livre de vases de Versailles, 1751. Dix-neuf pièces.

701 — *Sergent*. Portraits et planches pour *Collection des portraits des grands hommes, femmes illustres et sujets mémorables de la France*. Cent cinq pièces in-4, en couleur.

702 — *Tibesar*. Premier cahier d'arabesques. A Paris, chez Mond'hare. Six pièces.

703 — *Tiepolo*. La Passion de Jésus-Christ. Suite de seize estampes. 1 vol. in-4, cart. Dans le même volume se trouve : Jésus-Christ et le mauvais riche. Six eaux-fortes par J. Raymond.

704 — *Toro (J.-B.)*. Cartouches et trophées. Douze pièces.

705 — Vases et tables gravés par de Rochefort. Sept pièces.

706 — *Vignettes* et portraits pour l'*Histoire du Consulat et de l'Empire*, de M. Thiers. Paris, Paulin, 1845. En livraisons, manque les livraisons 11 et 12.

707 — *Vriese (J. Vredman de).* Hortorum viridariorumque elegantes et multiplices formæ ad architectonicæ artis normam affabre delineatæ a Johanne Vredmanno Frisio, Philippus Gallæus, 1583. Vingt et une pièces.

708 — *Watteau (d'après Ant.).* Trophées et costumes chinois, gravés par Huquier et Boucher. Quinze pièces avec grandes marges.

709 — L'Heureux moment, — La Favorite de Flore, — Le Dénicheur de moineaux, — L'Hiver. Cinq pièces.

710 — *Wattier.* Echelle conjugale. Quinze pièces en 1 vol. in-4, demi-rel., mar. rouge.

711 — Divers. Sous ce numéro, il sera vendu un portefeuille d'ornements de l'École française des dix-septième et dix-huitième siècles.

712 — Sous ce numéro, il sera vendu dix portefeuilles d'estampes variées, ornements, et quelques livres.

713 — Sous ce numéro, il sera vendu trois portefeuilles d'estampes variées de l'École française du dix-huitième siècle.

714 — Sous ce numéro, il sera vendu dix portefeuilles d'estampes variées, eaux-fortes modernes et quelques livres.

715 — Sous ce numéro, il sera vendu un portefeuille d'estampes et dessins variés.

Imprimerie D. Dumoulin et Cie, à Paris.

www.ingramcontent.com/pod-product-compliance
Ingram Content Group UK Ltd.
Pitfield, Milton Keynes, MK11 3LW, UK
UKHW031945260826
14628UKWH00004B/1857

9 782329 470498